故事里的中国印象

不忘初心 归去

读者原创版编辑部 ○—— 编

甘肃文化出版社

甘肃·兰州

图书在版编目（ＣＩＰ）数据

不忘初心归去 / 《读者》（原创版）编辑部编 . --
兰州：甘肃文化出版社，2021.7（2024.12重印）
（故事里的中国印象）
ISBN 978-7-5490-2018-8

Ⅰ . ①不… Ⅱ . ①读… Ⅲ . ①纪实文学－作品集－中
国－当代 Ⅳ . ① I25

中国版本图书馆 CIP 数据核字（2020）第 100669 号

不忘初心归去

《读者》（原创版）编辑部 ｜ 编

总 策 划 ｜ 马永强
项目负责 ｜ 王铁军　郧军涛

策划编辑 ｜ 王　飞　郭佳美　高彦云
责任编辑 ｜ 甄惠娟
封面设计 ｜ 马吉庆

出版发行 ｜ 甘肃文化出版社
网　　址 ｜ http：//www.gswenhua.cn
投稿邮箱 ｜ gswenhuapress@163.com
地　　址 ｜ 甘肃省兰州市城关区曹家巷1号 ｜ 730030（邮编）

营销中心 ｜ 贾　莉　王　俊
电　　话 ｜ 0931-2131306

印　　刷 ｜ 三河市富华印刷包装有限公司
开　　本 ｜ 690 毫米 ×980 毫米 1/16
字　　数 ｜ 165 千
印　　张 ｜ 15.25
版　　次 ｜ 2021 年 7 月第 1 版
印　　次 ｜ 2024 年 12 月第 3 次
书　　号 ｜ ISBN 978-7-5490-2018-8
定　　价 ｜ 69.00 元

序言

时光不染，岁月流金。跨过历史的长河，我们追寻火红的足迹，穿过岁月的征程，我们拥抱伟大的时代。

时代，既是源自悠久过去、绵延至今的一段历史足迹，亦是以今为初始、朝蓝图进发的持续进程。发祥于黄河流域的中华文化，孜孜不倦，与时同行，已历经千百春秋，在不同的时期坚守，把握时代命脉，留下深刻烙印。

岁月的时光瓶，为我们沉淀成长的记忆，也为我们记录奋斗的足迹。人生只是弹指一挥间，虽然在时间维度上短暂，但我们不要忘了为自己的时代鼓掌。掌声中，时光的镜头已缓缓拉开，曾经的那些记忆随着时光慢慢浮现。

中华人民共和国成立以来，"扎根黄土地，亦取养于土地，食不可缺"的袁隆平埋首农田，躬耕不懈，以亩产破千的杂交水稻解决了有史以来最为棘手的粮食问题，使广大人民更有气力投身社会主义建设；"年过古稀未伏枥，犹向苍穹寄深情"的"牧星人"孙家栋刻苦钻研航天技术，从"东方红一号"到"嫦娥一号",从"风云气象"到"北斗导航",60多年来在太空升起数十颗星,以熠熠"北斗"为中华、为世界指引方向;"放眼浩瀚海洋,绘出一道道时代航线"的新青年叶聪将"蛟龙"从图纸化作潜海重器,直下千丈探索深海极限,使中国成为继美、法、俄、日之后第5个掌握大深度载人深潜技术的国家;"用愚公精神创造生命奇迹"的八步沙"六老汉"和他们的后人,先后治理荒漠近40万亩,筑成了一条防风固沙的绿色屏障,让风沙线倒退了15公里,有效地遏制了沙进人退的被动局面,他们凝聚的精神脊梁,撑起了八步沙的一片晴空,书写了一段悲壮、豪迈、可歌可泣的故事……

改革开放以来,中华民族逐渐在时代的激流中站稳脚跟,不惧博弈与竞争,屹立于世界民族之林。这盛世辉煌的背后,是无数英杰才俊、星火青年,将青春、血泪尽数挥洒,以愿景梦想绘制祖国蓝图。他们逆着时代洪流,将崇高的理想、追求融入爱国主义精神,以己身诠释着时代命题,代代传承,至于不朽。甘肃文化出版社与读者传媒期刊中心携手打造的"故事里的中国印象"系列丛书,以全方位展现中国共产党成立以来的辉煌成就为出发点,通过讲述大量充满温情、感人肺腑的中国好故事,大力宣传"时代楷模""最美人物"等先进典型,全面展现全国人民齐心协力实现中华民族伟大复兴的历史画卷,展现在党的正确领导下,民族独立、国家富强、百姓安居乐业,中国正式踏上实现民族复兴梦想的伟大征程。本丛书共 10 册，包括《锦绣河山万里》《追寻一缕时光》《丹心挥洒新愿》《盛世绘就梦想》《我为祖国代言》《一生终于一事》《福顺只须修来》《不忘初心归去》《岁月如此多娇》《家国处处入梦》。丛书里的每一本书都从一个小侧面反映中国共产党成立 100 年来祖国大地上的巨大变迁，用一个个温情的小故事来讲述普通人为之奋斗、为之拼搏、为之努力的人生。

《锦绣河山万里》收录了 41 位作者从不同的视角描绘的 41 座不同历史、不同个性的城市发展变迁历程，这 41 座城市各具特色，风格鲜明，映射出那一方水土孕育的独特人文风貌，更体现出国家日新月异的发展变化。

《追寻一缕时光》以大量真实、贴切、温情的经典故事，展现各行各业的代表人物对行业发展及自我生活工作经历的回顾，以小见大，以点到面，展现中华人民共和国发展繁荣的历史画卷。

《丹心挥洒新愿》讲述了祖国建设各条战线上开拓创新的动人事迹，展现了全国人民创新创业、奋发作为的历史画卷。

《盛世绘就梦想》收录 25 位从 1949 年起在各行各业有贡献、有影响、有成就的人物，他们是造就盛世辉煌的践行者和见证者，通过本书我们将引领广大读者一起触摸历史、展望未来。

《我为祖国代言》讲述在海外工作、学习的中国人心怀故土、矢志不渝的爱国情怀，展现一个个奋斗不息的人生历程，一个个充满爱和理解的家庭，讴歌积极向上的人生态度和爱国为家的良好传统。

《一生终于一事》选取《沙漠赤子》《破希望》《来自乡村的寒酸礼物》等35个故事为广大读者展示普通人摆脱贫困，争取幸福生活的奋斗历程。

《福顺只须修来》讲述新时期和谐忠厚、和顺亲睦的中国好家庭，倡导以爱齐家、以德治家的中国好家风。收录有《父亲和书》《外婆这样的女人》《浓淡父子间》《乖小孩》等几十篇带着浓浓亲情且有温度的文章。

《不忘初心归去》选取了三十余篇关于理想、关于奋斗的文章，展现了企业家、科学家、工人、教师等各行各业的人们坚守理想，矢志不渝，最终走向成功人生的故事。

《岁月如此多娇》通过一个个平凡人的小故事，带领读者走进他们的幸福，感受平凡生活中的温暖，展现新时期老百姓幼有所育、学有所教、劳有所得、病有所医、老有所养、住有所居、弱有所扶的幸福生活画卷。

《家国处处入梦》通过一个个渗入灵魂深处的小故事，展现中国人民矢志不渝的爱国爱家情怀，弘扬新时代的爱国主义精神。每个人的灵魂深处对于家国都有不一样的情感，对于军人，家国就是他们保卫的那片边疆；对于农民，家国就是他辛勤耕耘的那块土地；对于作家，家国就是他心中最美好的存在。

忆往昔峥嵘岁月，看今朝锦绣河山。回首中国共产党成立的 100 年，华夏神州留下了太多的变化奇迹。国家经济快速、平稳、健康发展，曾经的低矮、陈旧已经被眼前的崭新、繁华所取代，绿意婆娑的公园、鳞次栉比的高楼，商贾市集，车水马龙，一派勃勃生机。一个个梦想的实现，一份份成就的辉煌，无不彰显着每个人心中的"中国梦"。

时光恰好，岁月丰盈！让我们和这个时代一起绽放，也伴随着这片神奇土地不断成长。

本社编辑部

2021 年 5 月 20 日

目录 CONTENTS

二十年前我高三

◎ 夜雨阑珊

看完香港回归交接仪式后，我背着大米、咸菜、换洗衣服等，回学校参加暑假补课。以此为起点，我正式成为一名高三的学生。不过对考大学，我并不抱有希望。按照学校历年的录取统计数据，每年的本科上线人数只有五六人，专科上线人数只有二十人左右。我高二的期末考试成绩名列班级三十名之后。

坐在没有风扇的教室里，汗水湿透衣背。听着窗外的蝉鸣，心里却没有半点涟漪。"热闹是他们的，我什么都没有。"我自嘲地安慰着自己。

数学的随堂检测试卷发下来了。不知道老师出于什么心理，题出得很难，平时数学最好的同学才刚刚跨过了及格线，而我竟然超常发挥，考了 80 分。"其实也不难嘛，为什么不去努力一次呢？"我握紧拳头，在课桌下狠狠地攥了几次。

因为成绩太差，我羞于向同学谈起我的远大志向，更不好意思去向老师请教学习方法。我如同闯进森林的一头小鹿，在高考规定的五门功课里横冲直撞：记错别字、背古诗词、背政治教材、做数学题。也不管什么按部就班、循序渐进，看到题就开始做，拿到资料就开始记。因为以前欠缺得太多，所以每学一点儿都是在填补"历史的空白"。这样跌跌撞撞地学了半个月后，觉得自己进步蛮大的。尤其重要的是，在不断的横冲直撞中，也就闯出了一条路来，摸索到了适合自己的学习方法。数学基础太差，很多基础知识都不甚清楚。做题时，先把所有的数学教材摆在课桌上，再随便找一道难度大的题目做。在哪个知识点上卡壳了，就哗啦哗啦地翻书。有时候一节课也做不出一道题。坚持做了三周后，数学的基础知识也就补得差不多了，再回头去做前面的选择题、填空题，就觉得没那么难了。在暑假补习结束时，我觉得自己已经基本能跟上老师讲课的节奏了。

暑假补课结束前，学校举行了一次模拟测试。考试成绩出来后，我被自己的成绩吓了一跳——班级第三名。公布成绩时，老师在表扬我的同时，还有些许怀疑。不过这丝毫不影响我的心情。离家返校前，我对父母说："准备我读大学的学费吧！我要考大学，而且我要考本科。"父亲当时没有说话，笑都没有笑一下。母亲说，考上本科就读，考上专科就算了。

二十年前的高考氛围并没有现在这样浓，当时新一轮的"读书无用论"正在我所在的小村庄里蔓延，和我同龄的孩子基本上没有读高三的，我的小学、初中同学全部出去打工了。周围人对我并不看好，他们也不相信我能考上大学。虽然他们嘴上不说，但心里还是觉得读书不如打工划算。我对这些都已经毫不在意。当时已经没有任何力量可以阻挡我考大学的决心和信心。"我一定会考上本科。"我对自己说。

进入高三，那才真正是一场没有硝烟的战争。即使觉得自己没有希望考上大学的同学，也期盼能够在高考时创造奇迹，所以班里的气氛一时有些压抑，全然没有了高二时候的嘻嘻哈哈。

我根据老师的指导，对自己的学习做了简单的规划，然后就不顾一切地埋头向前冲。语文的错别字消灭了一个又一个，数学的试卷做了一张又一张，政治书背了一遍又一遍。

其实，除了读书，我还有生活的问题需要解决。我们必须自己蒸饭，自己到水井里打水，吃自己从家里背来的大米、咸菜。我每周六下午都请假回家背米、背菜，顺便给家里挑一缸水。为了赶上星期天上午的第一节课，我凌晨五点多就从家里出发，一个人背着大米、咸菜，匆匆往学校赶。由于早饭是头天晚上就蒸好了的，所以夏天的早饭总有一丝馊味。虽然学校已经与供电所进行了协调，为高三的教室布置了专门的线路，但停电还是经常的事，大家就点着煤油灯、蜡烛学习——到了冬天，又不能打开窗户，一停电总觉得很闷。

大年三十除夕夜，家人吃过晚饭，都到客厅里看春节联欢晚会去了，我独自坐在火垄（在屋里地上挖一个正方形的坑，四周砌上条石，在中间烧火取暖）前做数学题。由于没人加柴，火渐渐熄灭。我搓着手，顾不得寒冷继续做题。实在冷得受不了了，就从旁边抓起一把干松毛扔进火垄里，随着"轰"的一声，干松毛燃起来，我就着火苗暖一暖手，然后继续做题，一直做到春节联欢晚会结束。

当油菜花开的时候，晚睡早起的同学渐渐少了，我对自己能够考上大学已经有了十足的把握，所以抓住一切时间学习。学校也不再允许学生无限制地熬夜，每天晚上十点半，学校领导和老师们就站在教室门口，把学生往寝室里赶。虽然人进了被窝，但是总觉得睡不踏实，于是有时就拿着手电筒，在被窝里看书、复习，或者躺在床上默背古诗词、政治课的内容等。每天早晨四五点钟，我们就从床上爬起来，开始早读。

高考前夕，我数了数自己的作业本，仅数学一科就有 16 本。政治书真的被我"读"破了。于是，我信心满满地走向考场。

学校发榜的日子恰逢赶场日，我和一个同学挤到校门口的高考红榜前看名字。他指着榜单说："看，你考上了本科。"我刚把手一抬就被人挤了一下，手里的墨汁瓶没有盖紧，墨汁一下子洒出来，全部倒在了我的衬衣上。

曾经的咖啡馆梦想

◎ 童　铃

最近有个朋友让我帮忙写文案，她说喜欢像"牵着你的手，如同白昼里绚烂的彩虹，黑夜里璀璨的繁星"这种文艺唯美的句子，我长叹一声，这样的文字，我写不出。

然而，翻一翻自己 2005 年刚开始做咖啡馆时的工作心得，"喜欢磨豆时'嗡嗡'的噪音，喜欢弥漫的咖啡香味，更喜欢将咖啡豆碾成粉的成就感""咖啡需要被温柔地对待""晚上收工前，为自己做了一杯卡布奇诺，吻着浓浓的奶沫，温柔的感觉霎时涌上心头"这样深情的笔触随处可见。

这真是我写的？

好吧，那时的我确实是个"文艺女青年"，每天挤地铁上下班，挨老板的训，拿有限的工资，却舍得花钱看话剧、听音乐会。那个时候，我以为懂咖啡的人才称得上有品位，每天坐在咖啡馆里听小野丽莎、读张爱玲才叫人生。

一直想开一家咖啡馆，却一直下不了决心。

直到有一天，公司濒临倒闭，我才发觉给人打工是一种多么被动的人生。

如果是这样，我为什么不开一家自己的咖啡馆呢？哪怕它很小、很不起眼，至少我为实现梦想努力过。

真正投入进去，才知道很多事物的魅力在于它的神秘感，咖啡也是如此。在深入了解咖啡之前，我觉得它高贵、典雅、妙不可言；但真正有所了解后，我冷静下来，才明白这些文化意义都是人们赋予它的。而咖啡师，也不过是三百六十行之一，一个人会煮咖啡，就像铁匠会打铁、农民会种地，只是一种职业能力罢了。

至于开咖啡馆，那基本是一种商业行为。

我真傻，我只知道坐在咖啡馆里喝咖啡很浪漫，却没想过还有那么多琐事需要处理，更没想过咖啡馆要赚钱才能交得起房租、买得起原料、请得起员工。

最初阶段毫无疑问是混乱的。为了省钱，我找了"装修游击队"来干活，没有效果图、施工图，想到什么弄什么。那几个工人也看出我什么都不懂，瞎弄了弄就完事了。之后，不停地有朋友跟我说这里不行、那个会掉下来，再然后就是不停地返工，几十平方米的小地方居然花了三个月才装修完。

2005 年的中秋节，终于完成了所有的前期准备，我带着无比茫然的心情开始营业。

我已经预感到后面的路不好走了。

总有人以为，一个人过了三十岁就会怀念二十多岁时的青春年华，但其实不是。伴随着青春的还有无知和幼稚，在人生经验不足的情况下，前方的路通向哪里，常常不可辨别。有很多日子，店里没有一个客人上门，那种孤零零一个人等生意的感觉真不好受。比这更可怕的是，我当时完全不知道该做些什么才能改变这种局面。

那段时间，我上街发过传单、贴过小广告，在社区论坛里写过各种宣传文章，为了一百多块钱的生意工作至深夜，客人们聊一个通宵，我就在吧台里坐一个通宵……

如今想起，依然觉得人生不易。

慢慢地，情况有所好转，咖啡馆从几十平方米扩展到一百多平方米，再搬到高档写字楼里。但不知从何时起，我对钱变得敏感，不惮以最大的恶意揣测别人，我越来越明了这个游戏应该怎么玩。最近和一个同样开咖啡馆的朋友聊天，他说自己现在每天想的就是怎么赚钱、怎么让顾客多消费。我轻轻一笑。初识他时，他刚毕业，还在当服务生，满心只有对咖啡文化的顶礼膜拜，如今他也变了。

是啊，这一路上摔倒过、疼过、笑过、难受过、精彩过，谁会不变呢？

2010 年是"团购"大火的一年，我的咖啡馆也搭上了这条"贼船"。那时，我每天工作十几个小时，日子过得跟打仗似的，没招到洗碗工之前我都是自己洗杯子，最多的时候一天洗过几百个杯子；遇到过职业差评师，各种找茬、刁难、威胁……过大的工作量既摧毁了我的健康，也透支了我对咖啡馆的热情。我是怀揣着梦想开咖啡馆的，此时，梦想早已不知遗落在哪个角落了。

有一天，我翻看自己很久以前写的一篇文章，叫《贩卖咖啡，同时附赠一个巨大的朋友圈》，读着读着，不免黯然。

"我的梦想是贩卖咖啡，同时附赠一个巨大的朋友圈。几年前，我迷上了几米的漫画《向左走，向右走》，深深印在我心里的是这部漫画的灵感来源——波兰女诗人辛波丝卡的诗《一见钟情》。诗里说，陌生的你我可能早就接触过，比如在旋转门里面对面的那一刻，比如电话里一句唐突的'打错了'，但因为我们并未相识，所以彼此的生活还在按原有的轨迹前行。

我一直认为，喜欢去同一家咖啡馆的客人必定有共同点：或许都喜欢这家店的气氛格调，那么说明他们有共同的审美情趣；或许都喜欢服务员亲切的笑容，那么说明他们在待人接物方面有类似的倾向；或许喜欢同一款饮品，那么说明他们有相近的口味……可是上午来的客人和晚上来的客人怎么可能相识呢？即使是在同一时段光临，甲坐窗边，乙坐包间，彼此还是不相识。咖啡馆不应该是一座孤岛，它应该提供让陌生人彼此认识的机会。所以，在贩卖咖啡的同时，我们还应该附赠一个巨大的朋友圈。"

原来我曾经那么有情怀，我自己都快想不起来了。

2011 年春节后，团购突然不行了，咖啡店的很多尾款收不回来，店里一下子陷入了困境。而此时我的哮喘也已严重到了每月都要去医院输液的程度。

其实这六年里我没少遇到难事，唯一不同的是，这一次，胸中的那口"真气"散了。

和咖啡馆分手后的一天，我望着夕阳西下，突然之间醍醐灌顶——六年来我的心只和咖啡馆建立联系，美好的景色一直都在那里，我却许久没有关注过了。我一直以为是咖啡馆需要我，但其实是我需要咖啡馆，因为只有身处大小事务之中，我才能感觉到自己存在着。那一刹那，我明白了，一个人怎么能只和一样东西建立联系呢？生活如此多姿，事业再重要也仅仅是人生的一部分。

之后我学了很多东西，烘焙、摄影、绘画……我并非要变得多才多艺，而是感觉只有和更多的东西建立联系，才能把心里的坑填满。

如今开咖啡馆的梦想已经离我很远，这期间经历的事、见过的人、承受的痛苦、明白的道理，终将停留在我的内心深处。

如果要问我还爱不爱咖啡，我不知道应该怎么回答，这就像身上的一个烙印，洗不掉、擦不净，它永远都在，爱不爱的，还重要吗？

长安米贵，居大不易。

楼龄新旧，有无电梯，家具是否齐全，统统不考虑，

离地铁站近就行，有独立浴室就行，

没死过人就行。

不忘初心归去

蜗居在香港
◎ 缪　冬

午后夜色就蔓延

　　自从搬到现在的家，我就从一个热爱逛超市买东西的人变成了一个十分痛恨购物的人，因为每次从楼下超市买了一大袋东西的时候，"拿钥匙开门"这件事儿的难度就增加了。

　　楼龄不知道有没有超过 40 年的老旧电梯房，电梯不是每层都停，而是只在 3 的倍数的楼层停。我发誓我此生从来没见过、没搭过这样的电梯。3 楼、6 楼、9 楼、12 楼……住在其他楼层的住户要从防火楼梯上一层或者下一层才能搭到电梯。轮椅使用者的无障碍通道？不存在的。

　　我跟着中介来看房的时候心里暗暗吃了一惊，好不容易才压下见到电梯门一瞬间的难以置信。我从没有见过这样不为使用者考虑的电梯。电梯门分两层，外层是铁皮门，需要手动拉开；内层是推拉门，同样需要手动推去一边，还得花费不小的力气。西环是个老龄化社区，每栋旧住宅楼里都有大量的老人，很多步履蹒跚的老太太真是用尽全身力气也无法推开内层的推拉门，她们只能等着进电梯的年轻力壮的人，比如我，来大发善心帮她们一把，或者用拐杖一类的东西把门抵住，然后攒足全身力气一厘米一厘米地往外挪出去。托这部老旧且经常罢工的电梯的福，我们这栋楼里的住户倒是自行培养出了友爱互助的氛围，无论年龄、性别、种族、肤色，替别人拉开电梯门已经成了所有人的习惯。

我住的是一间独立的劏房（音 tāng，又名房中房，业主将一套普通住宅分成两个或两个以上的独立单位，出租或出售），自带卫生间和浴室的那种，月租 5600 港币。因为在西环，又在地铁边上，这个价格已经算是相当便宜。不含水电网，没有家具，搬进来的时候，只有一部已经坏掉的冷气机和一台容量仅为 17 升的储水式热水器。没办法，这就是香港，租吉屋（即空房，因粤语中"空"与"凶"同音，故称空房为"吉屋"）永远比租家具、家电齐备的房子要合算，就是得自己一件一件去买。

为了存放我多到无处安放的衣服和书，我买了一张带衣柜、书架、抽屉的一体床，松木做的，打了折还花了差不多一个月的房租。好在黄色的松木还算温馨，所有来过家里的朋友都夸我的床漂亮又实用——其实也没有多少人来过我家，虽然我是个热情的主人，但我家连好好泡杯茶招待客人的空间都没有，只有一个储物折叠凳，我一般请朋友坐，自己铺个垫子坐在床上，此外再摆不下第二把椅子了。听说居里夫人新婚的时候，为了减少不必要的社交专心工作，家里也只有两把吃饭时坐的椅子。

我说着流利的广东话，厚着脸皮要中介在商量好的价格上再减 200 块以后，看着这间窗外一片漆黑、几乎照不到阳光的屋子，迅速下了决心，我怕以这个价格，再晚房子就被别人抢走了。

家具和家电都是我一样一样亲手置办，安装床的师傅、装Wi-Fi 的师傅、送洗衣机的师傅，无一不对我的居住面积表示了嫉妒，其中有一个仗着年轻直接问："你住得也太好了吧！你家是做官的，还是做生意的？"

我环顾四周，实在不明白这个加上卫生间撑死只有 10 平方米还一片漆黑的屋子有什么好可言，但我明白人家没有恶意，于是努力笑了笑，不说话，心里希望这个话题赶紧过去。因为我怕再说下去我会忍不住掉眼泪，然后就会被他们划到那拨儿"不知好歹的内地小孩"里去。

房间照不到阳光是因为这是所谓的"天井窗"，当然不是真正意义上的天井，只是对面的住户离你格外近而已。我倒觉得没什么，因为我作息不规律，有时候晚睡晚起，天井窗正好，睡觉的时候不会被清晨的第一缕阳光照醒——其实倒不是真的24小时完全照不到阳光，天气好的时候，在上午 10 点到中午 12 点之间，阳光会斜射进来，然后在我发觉之前迅速且不留痕迹地撤走。想起林俊杰的一首老歌《西界》："因为我活在西边，只拥有半个白天，一到午后夜色就蔓延。"我心里想，只有第三句是真的，我哪里拥有半个白天，明明要运气好才能有六分之一个白天嘛。

　　尽管照不到阳光，屋子又小又阴暗，我还是不敢心生抱怨，因为我好歹拥有了自己的"一间屋"，不用再和别人共用卫生间和浴室了——我的大多数朋友都没有过上这样的生活。因为我的洗澡时间不固定，夏天有时候一天洗两次，头发长，洗得又慢，因此我不肯和别人共用卫生间，这是我的底线。女生除了上厕所和洗澡，化妆也需要在卫生间进行。前年，我曾经和两个从内地来读硕士的女生租了一套三居室，我们三个人的作息不完全同步，却还是经常出现抢洗手间的情况——我不能在我想上厕所的时候成功地抢到厕所，这感觉糟透了。

　　洗澡通常不像上厕所那样紧急，但也很不方便，因为香港用于出租的房子一般都用储水式热水器，容量不大（也是受浴室面积小的限制），洗澡要提前烧水。女生洗头发一定会把烧好的热水用光，下一个洗澡的人要等水重新烧开，又是一段等候的时间。三个人合租的时期，有一天外面突然下暴雨，我没带伞，被浇得透心凉，迅速冲回家打算洗热水澡、换衣服的时候，浴室正好被室友占了——她在洗澡！我脸皮薄，不好意思催，抱着手臂在房间里走来走去，等着她慢慢洗完，又等着热水重新烧开，起了一身的鸡皮疙瘩，心跟身体一样冷。

迷惘的青年人

有了这样的经历以后，我说什么也不肯再和别人共用卫生间了，我只想随时能洗澡、能化妆、能上厕所啊！我以为三个女生同住一个屋檐下已经是极限，然而事实是，因为房租太贵，五六个女生住在一套公寓里共用一个洗手间是常事！第一次听到这件事的时候，我不知道说什么好，沉默了半天，憋出一句："那你们不会抢厕所吗？"朋友一脸淡然地指向窗外："楼下有 24 小时麦当劳，里面有卫生间的。"天哪，离开家出去上洗手间这件事情，我以为只存在于 20 世纪 90 年代的中国。在我读小学的时候，老城区确实有很多住平房的居民是用痰盂和公共厕所解决如厕问题的。我万万没有想到，20 多年后，在一个经济如此发达的城市，竟然会有一群人对"出门上厕所"这件事习以为常！

自己租房住后，卫生间是有了，但问题也没有完全解决，我日益增长的物质生活需要和我落后的工资水平之间的矛盾是永恒存在的。卫生间刚好一平方米，没有窗户，塞下了一个马桶、一个热水器、一个面盆、一面镜子和一个小储物柜，我在里面转身都困难。我爸有一次打电话跟我说，我妈上厕所没穿拖鞋，因为地滑摔伤了腿，要我洗澡时一定记得穿拖鞋，我脱口而出："放心吧，要摔也摔不着腿，因为人根本倒不下去，只会脑袋磕在墙上变成傻子！"

每次洗完澡，马桶都会被淋湿，我每次擦马桶盖上的积水时，都会想念在东京新宿住过的民宿——日本人喜欢干湿分离的多功能区卫生间，浴缸、淋浴喷头、马桶、洗衣机、面盆被分隔成三到四个区域，彼此互不影响，可供多个家庭成员同时使用。我在豆瓣上贪婪地看"极简主义小组"里面教收纳技巧的帖子和日本人宽敞明亮的暖黄色浴室，心想浴缸是不可能买了，争取以后换一个稍微大点儿的干湿分离的浴室好了。

长安米贵，居大不易。楼龄新旧，有无电梯，家具是否齐全，通通不考虑，离地铁站近就行，有独立浴室就行，没死过人就行。出过人命的房子无论转卖还是转租都会跌价，不过依然很抢手，因为有不怕死的无神论者专挑这样的"凶宅"住。毕竟跟虚无缥缈的冤魂比起来，节节攀升的楼价要可怕多了。

我从小住惯了大房子，本科四年又有宽敞明亮的山景宿舍可以住，现在一下从云端跌进满地鸡毛。香港的大学对非本地本科生有优待，就是保证第一年的新生一定会有宿位，至于第二年和以后能不能在宿舍留下来，就要看各自的造化了。

我知道很多香港同学对这事儿很不满，觉得"鸠占鹊巢"，我从心底里对他们感到抱歉，尤其是我还住了四年。但我发现一个匪夷所思的事实：要想在宿舍留下来，主要看平时表现和参加社团活动的活跃程度。香港学生的竞争太激烈了，为了区区一席宿位，很多人不仅废寝忘食，甚至到了荒废学业的地步。起初我很不理解，觉得他们又不是没有家，何不回家去住呢，影响了成绩不是得不偿失吗（香港非常看重毕业成绩）？后来他们告诉我，他们也不想这样，只是因为回家住就要面临和兄弟姐妹共用房间的局面，相比而言，花1000多块住大学宿舍实在是太划算了。为了有一个独立的空间，他们愿意付出任何代价！他们中的很多人，已经成年了还在和异性手足共用卧室，也不乏三姐妹或者三兄弟睡上下铺的。个中滋味，又岂是我这个从3岁开始就自己住一间房的独生女所能体会的。问出这个问题，简直是标准的"何不食肉糜"。

我没觉得多不习惯，因为我是一个倾向于内在归因的悲观主义者，对这事儿消化得很好，认为再苦不能怨政府，再背不能怨社会。绝大多数时候，我的思路更接近于"归根结底是我自己没用，租不起更大更好的房子"。因为我是个单身青年，单身青年的生活总是迷惘、潦草、混乱和清苦的。海明威在《流动的盛宴》里说过，一代代人都让一些事情给搞得迷惘了，历来如此，今后也将永远如此。

而在香港，令人难以置信的高房价无异于在千千万万单身青年本已迷惘的头脑中撒下了一粒泡腾片。"买楼上车"成为社会舆论鼓吹的人的终极追求，而一旦确立了"以买楼上车为纲"的基本路线，人的价值观、婚恋观、教育观无一不以此为转移。这座城市以三个第一闻名：人均寿命世界第一（女性87岁，男性81岁，略胜日本），平均工时世界第一（每周50小时），当然还有房价世界第一（不吃不喝平均19年才能买一套）。这真是后工业时代绝妙的讽刺：做着超长时间的工作，赚的钱既然不够买一个卫生间，又何苦在人世逗留这么久？

个人尊严

"有恒产者有恒心，无恒产者无恒心，苟无恒心，放辟邪侈，无不为已。"香港房价贵成这样，真正的有产阶级所剩无几，犯罪率还能控制在合理范围内，不能不说这座城市住着一群勤劳、善良又可爱的人。因为买（租）不起房，所以结婚被迫不断推迟，不少人甚至干脆取消了这个选项。2016 年，香港 32.4% 的男性及 28% 的女性从未结过婚，男性和女性首次结婚的平均年龄分别从 1991 年的 29.1 岁和 26.2 岁，上升至 2016 年的 31.4 岁和 29.4 岁。高昂的住房成本和教育成本使得新婚夫妇的生育意愿很低，生育率在 30 年内不断走低。去年，总生育率在世界 224 个国家和地区当中排在倒数第四。

除此以外，人口老龄化也正在削弱香港的国际竞争力。政府统计数据显示，预期人口将持续老化，其速度会在未来 20 年显著加快，尤其以未来 10 年最为急剧。65 岁及以上长者的比例，推算将由 2016 年的 17% 增加至 2036 年的 31%，再进一步上升至 2066 年的 37%。

长者的居住和养老问题同样受到楼价的牵制，91.9% 的长者居于家庭，其余 8.1% 的长者居住在老人院、医院及惩教机构等。

而那些居住于老人院和医院的长者，则要被迫在人均居住面积不足 9 平方米的空间内活动。这些曾经为香港的经济发展做出过贡献的人，一旦停止工作，一旦被子女抛弃，就只能如此默默度过他们生命最后的时光。

一座人均 GDP 位居全球第六的城市，生活在其中的大部分人都因为住房问题没什么做人的尊严可言。理智上，我们知道每个人都是独立的个体，都需要属于自己的独立空间，每个人都有生儿育女的权利，也有在失去工作能力之后享受社会福利的权利。而现实中，当你想和爱人享受片刻亲密的愉悦，却只能去廉价得连床单都不换的时钟酒店的时候；当你拖家带口住在劏房里，必须在离马桶不远的电磁炉上炒菜的时候；当你老了，体弱多病，却因为养老院床位不足，子女家里又住不下，而在轮候床位中悄无声息地离开人世的时候，你会尝到想要把自己当一个人来对待却不能够的滋味。

鲁迅说过："人类的悲欢并不相通，我只觉得他们吵闹。"这话我觉得不对。离家六年，我最喜欢的两句诗变成了"此心安处是吾乡"和"不辞长作岭南人"。我学会了广东话，我理解了香港人的不满和怨怼。我尽全力将这里当作自己的家，可她并没有高唱着"香港欢迎你"，同时张开双臂接纳我。在这座纸醉金迷、阶级折叠的城市中，我们作为一群"从今时直到永远"的无产者，同呼吸共命运。我们都在卑微地为华美的盛世添砖加瓦，又在砖瓦的缝隙中求一片屋檐而不得。

精英们塑造了一个诗意的 20 世纪 80 年代印象。

但出身于平凡人家的我，

深切地知道，这个"诗意"群体，

只是整个中国 20 世纪 80 年代极小的一部分。

不忘初心归去

20世纪80年代属于谁

◎ 严柳晴

20世纪80年代，我的父母结婚了。父亲家在马路的南面，母亲家在马路的北面。两人均生于草根家庭，都没有考上大学，中专毕业，算门当户对。和你猜想的一样，适时跳出了一个媒婆，对南面的人家说，北面有位未婚女，老实，能吃苦，不娇气；对北面的人家说，南面有个小伙子，憨厚，朴实，卖相赞。两家人一听，都说，好啊。

结婚买家具：大床、大橱、五斗橱、床头柜、方桌和4把椅子……俗称"48只脚"，已是当年的奢华套装。舅妈当年到我家，看到我家里有"48只脚"——她家只有36只，当场怒上眉头，面色陡黑，与舅舅大吵一架。

一套家具900块，度蜜月去北京待了半个月，花掉200多元。那个年头，这笔开销绝对是巨款一笔。当时的小青年们，一个月的工资才 39 块钱，难以想象此生还会有啥巨额开销。

这套"48 只脚"的家具被漆成老成的棕色，打算用一辈子。我算是幸福的孩子，虽然生在不甚富裕的时代，却一直衣食无忧。但父母对于他们自己的花销，节俭到几近刻薄，用今天的眼光看，叫作"穷人思维"：父亲放弃了喜欢的图画，一门心思挣不多的现钱；母亲如仓鼠囤粮，将细碎银两全部存进银行里。

很长一段时间我都觉得，任何浪漫、诗意的东西，套在父母身上，都像卡其布拼成的燕尾服，葱油饼里夹芝士，怎么看，怎么透着稀奇古怪。直到今天，他们仍留着 20 世纪 80 年代的习惯：快过期的牛奶倒进番茄汤，煮一锅甜酸味的极品汤水；冬天的水果糖吃不完，就用来炖冬瓜，水果糖的重量大约与冬瓜等同。

一位朋友告诉我，这些算不上奇闻轶事。他从小便知，鸡蛋能和一切食物一同下锅。"如果月饼吃不完，我就得吃一道传奇名菜——鸡蛋炒月饼。"

我们的父辈把物质的要求降到最低，评价一切商品的最高标准是"实惠"——不用任何包装、设计和理念，只想用最少的开销，买到最多的东西，捧在手里，含在嘴里。

20 世纪 80 年代已不是一个清汤寡水的年头，也不是一个清心寡欲的年代，"时髦"以及"时髦"的一切，已经坐着太空船，从外头的世界飞速开到地球，时髦的男人别一部大哥大，耀武扬威；时髦的女人把头发烫得弯弯曲曲，像泡面或者鸡窝。父辈知道人间有种东西叫"享受"，他们也仰着脖子，盼着自己终有一日，同这等天大的好运撞到一块儿。

但大多数父母做不了精致的男人、时髦的女人。父亲出门，踏着一部浑身作响的"老坦克"，兜到东，兜到西，在高楼中间找一条缝，看哪边停车不收 5 毛钱。母亲出门，从不坐两块钱的公交车，必须坐一块钱的三节大车。车到站台，一车的人蜂拥而上，臭汗直冒，两眼翻花。千军万马挤公车，终于把省下来的一块钱放入囊中。

等手头宽裕一些，生活条件往上缓缓爬。这改善的一路，总不那么利索。家里装了电话机，亲戚间煲电话粥，为了"你打给我"还是"我打给你"，推推搡搡，客套半天。有一天，他们终于买空调了，把空调开了又关，关了又开。啪嗒一下，保险丝断了。

他们始终盯着孩子埋头苦读。"不读大学，以后要去扫马路啊！""你看人家大学生，坐办公室，多舒服！"

2006 年，我上大学，认识一位老师。他是 20 世纪 80 年代的中文系大学生，是我父母这辈人中的精英。考取大学，等同于占有了社会资源。他和他的同学们毕业不愁工作，求学空间宽广。许多老师告诉我，"80 年代很诗意，每个人都写诗"。

这些精英们塑造了一个诗意的 20 世纪 80 年代印象：人人都写诗。但出身于平凡人家的我，深切地知道，这个"诗意"群体，只是整个中国 20 世纪 80 年代极小的一部分人。他们是人生赢家，也是意见领袖。即使一小部分人爱诗，也能轻易地掀起校园诗潮。若干年后，毛头小伙变教授了，又掀起了一把"80 年代怀旧风"。

　　我只能收集那个年代的零星碎片，揣摩那个年代的神话。许多年过去了，与那个年代有关的东西，好像披上了一层轻纱，浪漫透了，神秘透了。其实，后来想想，神话并非神乎其神，而神话的逝去，也并非无影无踪。时代的风貌看似天悬地隔，乾坤来了个大挪移，但世道中的规律，像孙悟空的筋斗，往东翻，往西翻，怎么也翻不过五指山。

"夹缝"就是我的归宿

◎ Cherry Wang

我来香港 8 年了。从 8 年前在 4 平方米的房间睡了一年地铺，到现在做着跨国企业的采购员，住着地铁站边的两室一厅，还有能力让父母来港定居。我的故事其实并不热血也不励志，可是我想让你了解一个新闻之外的香港。

这是我的香港。

一

我的父亲如果喝点儿小酒，就会回忆他送我上直通车的那一天。我只订了 3 天的廉价酒店，身上的现金只有 6000 多港币。他在火车站亲亲我，我就走了。父亲说过无数次，当看到我过关的背影，他突然后悔了——就这样让她走了？目的地是从来没有去过的地方，那里没有人接应，没有长期的住处。与我同期到香港的人，都是有亲戚朋友可以投奔，起码也是由父母一方送到香港的。他说那一刻他觉得自己没有尽到一个父亲的责任——如果有什么意料之外的情况，他和我妈那时候连港澳通行证都没有。父亲用醉酒之后的喋喋不休来纾解他挥之不去的内疚感，而那个时候年轻的我，还拿捏不准什么叫多愁善感。

直通车从深圳进入香港，眼前是一片醉人的翠绿，干净的街道、开阔的视野、精致的设施——这是我在电视里见过的香港吗？与大多数人印象中的繁华不同，我对香港的第一印象，竟然是新界那满眼苍翠的山和东铁站台上闲适安逸的人群。

一种强烈的直觉占据了我的大脑，一颗柔软的心突然变得如磐石般坚硬。我跟自己说："我回不去了，这里就是我的归宿。"没有激动，没有害怕，有的只是一点点伤感。在直通车上，我默默地和家乡告别，即使那时的我根本不知道毕业后是否可以在香港找到工作，是否可以挨得过获得居留权要求的 7 年。那时的我用幼稚的坚定给自己壮胆。

那时，几乎每个来香港读研究生的人都抱着要留在香港的心态，我们不是可以拿奖学金去常春藤高校的最好的一群，但也不甘于随便在家乡找份工作度过余生。香港亦中亦西，是最适合我们的角落，可是"角落"连接不同维度的直角，其实也可以叫作"夹缝"。在香港定居，从来就没有那么容易。

在港大的那一年是开心的，时刻伴随着一种留不住时间的危机感。我最喜欢在没有课的时候，坐叮叮车去港岛不同的地方，一口气由西环走到上环，沉浸于旧时代留下的印记，惊喜于与来港之前看的 TVB 剧集里的场景不期而遇，时时刻刻提醒自己：我在香港。那种感觉壮丽而悲怆，像是一个登山的人攀上顶峰，激动地看着眼前连绵不绝的群山，而那群山，是他接下来要征服的前路。

毕业是无可避免的，身边的人一个个地走，带着不同的理由：内地的发展更好，父母要我回去，香港不适合我。而我在 2008 年金融海啸的时候，顺利地找到了工作。我听到了很多的声音，听得最多的就是："你会粤语嘛，所以你留下来了。"没有人记得我其实来自一座北方城市，粤语根本不是我的家乡话——我连个广东亲戚都没有。"你可以像我一样学呀。"这句话快要脱口而出，又硬生生地咽了下去。人各有志，每个人只是选择对自己最好的去处，给自己找最适合的理由。

二

第一份工作，有幸运，也有不幸——我遇到了最好的直属上司，也遇到了最刻薄无赖的经理。工作了一段时间之后，经理就以我出生于内地为由，一点点地剥夺和压榨我最基本的、法律规定的福利。那个时候我学会了隐忍，咬紧牙关，挨到每晚十点下班，无视那些莫名其妙的训斥和欺侮，对公司里最要好的同事都隐瞒着自己的计划，直到经理帮我办好新一年签证的那一天。

我告诉她我要辞职。她说："你要是辞职，14 天之内就要离开香港！"威胁的语气里带着难以掩饰的优越感。我说："我是毕业留港，还可以留下来慢慢找工作。"经理歇斯底里的声音响彻整个办公室。我的直属上司微笑着对我点点头。

是的，我是希望留在这里，但要有尊严地留在这里。签证很重要，却不能任由它凌驾于一切之上，而忽略了自我的价值，轻视了这座城市求贤若渴的态度。我应该得到更多。

那时候，父亲退休了。我开始考虑把父母接过来候鸟式居住，夏天在北方，冬天在香港——这就意味着我不能与别人合租了。而在香港生活，最大的一笔开支就是住房。我那时候还在和第一份工作的"邪恶势力"斗智斗勇，没什么钱。

最后，我选择了租房。

一栋没有电梯的公寓被分成三套独立的套房，我们住在其中一套，里面有小得转不了身的厕所和开放的厨房。我妈睡觉的地方，头顶就是做饭的锅，而我如果不踩着我爸妈的床迈过两个人的身体，就出不了门。

可奇怪的是，那是我特别开心的一年。

我妈有时候会在我们两室一厅的家里回忆："为什么那个时候不觉得挤，还特别高兴？"

那时候，我们开始长期在香港一起生活，平生第一次，父母反过来投奔我，让我供养他们，这份用尽心血培养我而终于得到回报的喜悦无可复制。我也在那时找到了我现在的工作，工资大幅增加，第一次被派去欧洲开会，这是比我资深很多的同事都没有的机会。我还记得，有一次回到家，因为刚爬了楼梯而气喘吁吁，等喘匀了气儿，我平静地告诉爸妈，我升职了，涨薪了。

妈妈一头扎进床上的被子里，手舞足蹈得像个小孩："我脱贫了！我这辈子终于脱贫了！"

这座城市给我们局促，更给我们希望，人住在出租屋里，可前路一片明亮，怎么会不高兴呢？

我就这样不断地搬家，越搬越大；不断挑战新的项目，工资也稳步增加。而我还想说的是——这座城市里有我的青春。

三

我发现自己是个舞痴。

自认为人生最辉煌的一刻，是和大学同学一起站在人民大会堂的舞台上——本来我是台下的组织者，那时，我看着他们练舞，就哭了起来，最后站在了队列中。

我一直觉得如果工作了，就不可能再上台跳舞。但现在才懂得，如果是真心喜爱，人生永远没有不可能。

2009 年年底，放假后百无聊赖又发胖的我像无头苍蝇一样冲进了一个完全陌生的领域：Cosplay 舞团。

把偶像的舞蹈、服饰、发型和风格完全模仿下来，然后再呈现给观众，这就是偶像 cosplay，三次元的真人比二次元的动漫角色更难模仿。如果你不接触这群人，永远不会知道原来还存在着如此庞大的群体，认真地做着这样的活动。

那个时候，我在网上找到这个濒临解散的舞团，小心翼翼地问招新要求的年龄，负责招人的女孩回复说："嗯，最大 22 岁。"我说："哦，那我超龄了，谢谢你！再见！"她说："你等等，我们太缺人了……"

后来，我发现自己的团友全都是中学生！

很快我又发现，和在内地的学校带着拿奖的任务跳舞不同，这里的一切努力，只与兴趣有关，只与对偶像的爱有关。

我大学的时候也喜欢过"早安少女组"，中学时还幻想过加入青春美少女组合，可 AKB48 对我来说实在有点儿遥远。但当了解了她们励志的、帅气的、可爱的舞蹈之后，小时候的偶像梦又回来了。舞蹈的魔力倾注于每一个音符、每一个动作、每一个走位，对舞蹈的喜爱，让我忘记了年龄和身份。

可是，和一群叽叽喳喳的小女孩相处真的是个问题。我小心翼翼，慢慢探寻这个圈子的规则。一开始，比我小 7 岁的队长给了我一条很短的裙子，然后告诉我她们都穿这样的。我只好用自己的方法凑合着改，比如拉长上身来补下身，比如把裙子缝在打底裤上防止走光……虽然样子并不体面，但我还是把自己的第一场秀撑下来了。

很多人会问我，为什么要和一群小孩去做这样的事，还要受委屈？其实我也不知道，只是单纯的喜欢，想跳舞，而开始了就不想中途停止。

不知道从什么时候开始，我们的舞团在圈子里越来越有名气，我找到了擅长扮演的角色，拥有了很多粉丝。也不知道从什么时候开始，我与队员们真正地融合到了一起。她们叫我站在中间，扮演队长的角色，因为我喊口令最有气势。当然，队长还是那个队长，她还会对跳错或者迟到的我发脾气，只不过遇到什么事情，她开始会偷偷问我的意见，可能因为我是团里年纪最大、经历最多的那个吧。

我们的名气越来越大，接受采访，上杂志，胃口也越来越大。2011年年末，我们准备了8个月，只为赢得一场重要的比赛，如果赢了，就不只是口口相传的无冕之王，而是真正的第一了。比赛前一晚练习时，我穿上了比赛用的高跟靴子，结果不慎滑倒，膝盖错位，十字韧带撕裂。疼到全身颤抖的我竟然自己一点点挪到街上打的去看医生。不是没人关心我，只是我不忍看见队友们那担忧而绝望的眼神。舞蹈室的门关上之前，我跟队长说："你放心，我明天一定会上台。"其实那个时候，我根本不知道自己行不行。

我因悔恨和失落痛哭了一整晚，在粉丝专页上给全队和支持我们的人道歉，没想到收获了百余个暖暖的问候和祝福。

我跟自己说："即使腿会断，即使会有后遗症，我明天还是一定要上台！"无视医生奇怪的眼神，我坚持说："绑紧点儿，我一会儿还要跳舞。"

我做到了，可我们输了。几个人在舞台上哭成一团，从此，我们之间好像有了一条无形的纽带。能够一起成功固然最好，能够一起失败、一起痛哭才是特别的缘分，是可遇而不可求的。

那次受伤让我近一年没法正常走路，现在跑多了膝盖还会酸。可是，有一次舞团接受采访，大家提起这件事，记者问我有什么忠告要给现在的青少年，我还是郑重地说："不要做令你后悔的事情，如果那天我不上台，我会后悔一辈子。所以，如果你有青春，尽情地挥洒吧。"

当年的中学生很快上了大学，有了其他的寄托。我们在柴湾青年广场举办了属于自己的毕业演出——最后的演出，我们穿上婚纱，跟这段美好的时光告别。我是一个眼浅的人，不太能用粤语确切地表达心意，抱着鲜花，只是默默地对自己说："我太幸运，我在香港遇到的，都是对我好的人。"

之后不久，我们又组了另一个舞团——只要是人生中真正喜爱的，就永远没有谢幕的时候吧。

就是这样一群小我一截的香港女孩，成了会在男朋友向我求婚时突然出现在我身后的最好的朋友。

是的，我准备结婚了。对象是香港人，我的同学。我们在一起5年了。

我们经历了家长反对，一起奋斗，直到成功的整个过程。

四

香港和所有的城市一样，有着它的好与坏、激情与无奈。

有时候，走在香港的街道上，我会不由自主地抬头看万家灯火，密密麻麻、高耸入云的住宅楼，人们被禁锢在一个个星火一样渺小的窗口里。这点点灯火中，什么时候才有小小的一盏，是属于我们两个的？有时候，我这样安慰自己："都知道香港好，所以房子就贵。"香港就是这样一个地方，人们有钱买最好的日用品和食物，却没有钱住一间足够大的房子。

话说回来，香港已经和我来的那年大不一样了。现在，会有一些根本没有来过或是对香港仅了解皮毛的人不断地告诫我："香港不行了！香港好乱的！"

我也只是笑笑，然后沉默。如果你不把这里当成家，你永远也不明白她的好。在这里的每一刻，心是安定的，公共交通准时、方便，食品会满足你对安全和美味的要求，医疗服务会让你觉得安心，哪怕晚上蜷缩在狭小的公寓里，依旧睡得安稳。

而我已经带着全家选择了这里，因为这里有我的爱情、我的青春、我的朋友、我的事业、我的大家小家……我对家乡的印象，是遥远的童年和繁重的课业，从来没有一个地方，像香港一样给我这样的归属感。

一次在车上，朋友把耳机递给我，叫我听首歌，那是一首我没听过的歌。

听到中段，我突然泪流满面。

那首歌叫《北京北京》。

朋友吓坏了，说你是不是想家了，听到北京那么伤感。

我说不是的，只是这首歌对我来说，就是《香港香港》——

我在这里欢笑，我在这里哭泣。

我在这里活着，也在这儿死去。

我在这里祈祷，我在这里迷惘。

我在这里寻找，在这里失去。

香港，香港。

即使有时候你会让我觉得无力，我依然不会离开你。

在这儿我能感觉到自己的存在，这儿有太多让我眷恋的东西。

我的房子接我回家

◎ 巫小诗

一

2018 年 6 月 24 日下午，我终于成为一个有房子的人，一个在杭州有 120 平方米房子的人。这一天，我觉得自己很酷。

买房这个想法由来已久。我前后住过四个出租屋，体验过从没电梯的七楼搬家到另一栋没电梯的七楼的绝望；碰见过以为我不在家，直接拿钥匙开门带新房客看房的房东；也经历过酷暑天的晚上，出租屋卧室的旧空调坏了，只能在客厅打地铺睡觉的无助。

那时候我总是安慰自己，我不会一直住出租屋的，我只是被未来的房子寄养在出租屋体验生活，体验够了，我的房子就会接我回家。

安慰归安慰，寸土寸金的杭州啊，我一个家境普通的小城姑娘，哪儿有那么容易拥有自己的房子？

大学四年是我最"富有"的时期，那时候 800 块可以在宿舍住一年，食堂饭菜几块钱，我压根儿没考虑过买房子，对包包和化妆品也毫无兴趣，攒了钱只想到处去玩。

我从高中开始给杂志供稿，上大学的时候每个月有几千块的稿费收入，很勤快的时候每月稿费能过万，那时候觉得自己特有钱，走路都带风。

毕业后，我揣着大学四年攒下的"巨额"存款来到杭州。我喜欢这座城市，我想留在这里生活，我觉得我的未来一片光明。

直到周围有同龄朋友在杭州买了房，我震惊了："啊！刚毕业就买房吗？"我感觉买房是中年人才做的事情，我还是个少女啊！

震惊一波儿接一波儿来了，好几个同龄人都陆续买房了，这些刚毕业的"90 后"，甚至"95 后"，他们的父母非常有远见，杭州的房价一天一涨，早买早挣，帮孩子把首付掏了，甚至把全款掏了，可自住可投资，百利而无一害。

我的父母没有这种远见，即便有，也没有这种财力。我不怪父母，但我真的还蛮羡慕别人的，一毕业就在大城市有了房子，这意味着他们可以少奋斗五年，甚至十年。

而我大学四年熬夜写稿攒下的那笔让我引以为傲的"巨款"，在杭州的房价面前，不过是可怜兮兮的几平方米。我曾经以为，只要我努力，一切都会好的，但那个瞬间，我感到自己的努力在房子面前不过是杯水车薪。

因为在杭州没有房子，我时常会觉得这座城市为人称赞的美丽都不属于我，西子湖畔的喷泉是为别人起舞，南山路旁的灯火也与我无关。

每次在外地认识新朋友，大家总会问："你是哪里的？"我回答这个问题时总会有些尴尬："我现在生活在杭州，老家是江西。"

是啊，因为我在杭州没有家，所以即便在杭州生活了两年多，即便是杭州户口，我依旧没有底气说"我是杭州的"。

二

我在杭州度过了漫长的存钱时光。

那些日子里，我什么都写：给杂志投稿，写有奖征文，写书，写小剧本，写公众号，写各大品牌的商业稿……用自己的名字写喜欢的，用化名写不太喜欢的。

去澳大利亚打工度假几个月，我没买过一个大牌包包，用了五年多的电脑时常出毛病，我也一直将就着用。

每次收到稿费，我都会把卡里的钱转进各个理财账户，秉承着"不把所有鸡蛋放进同一个篮子"的原则。闷头挣钱的我，并不是很清楚自己所有的篮子里有多少鸡蛋。

那天心血来潮算总账，我一直以为自己的存款是六位数，结果发现是七位数，自己都吓了一跳。我一个从头到脚的衣服加起来才值几百块的抠门鬼，居然有七位数的存款，简直是女版葛朗台了。

在确定自己攒够了首付的钱之后，我从澳大利亚回国开始看房子。经过了 G20 峰会后的房价暴涨，杭州的房市热得像座火山。别说我这种贷款买房的普通人了，就连全款买房的土豪抱着现金也买不到新房——所有新楼盘都要摇号，基本是上万人摇两三百套，摇中的概率堪比中奖。

我参加了六个楼盘的摇号才摇到现在的房子，在那些摇了十几个楼盘的人面前，我已经算是幸运的。但这六个楼盘的摇号，已经近乎要了我的小命。

摇号是一场漫长的战争，很多楼盘都要求购买者在摇号前先去指定银行冻结资金，再去售楼处递交材料。有的热门楼盘还会规定必须在某银行的某个支行办理，于是几千个杭州人挤到一家银行去办业务，你不得不起个大早，带着小板凳和遮阳伞去银行门口排队。

有一次，我在广发银行门口排队，队伍已经在绕圈了。因为排队时间太久，午饭时，银行工作人员给排队的客户发午餐——每人一瓶水和一个包子，那感觉，简直就是灾民在领救济粮。我觉得自己好惨啊，二胡声都要响起来了。

而更惨的是，排了那么久的队，最后摇号时，只能一次又一次给别人当分母。

第六次摇号结果公布时，我正在大西北，已经习惯了摇不中，根本没抱任何希望。突然发现名单里靠前的位置有自己时，竟面无表情地愣了好一会儿。

那感觉就像是，平凡小伙儿追了很多年的高冷校花，突然回头说"我喜欢你"，你会觉得很不真实。

我立马改签了机票，在选房的前一天回到杭州，连夜做了一些选房的功课，睡醒后我就去售楼部等待叫号选房了。

怕现场会产生一些其他费用而自己带的钱不够，我连微信余额和共享单车的200元押金都提现了，感觉整个人被抽空。

签购房合同时，我的手开始发抖，一天签几千册书都不会发抖的手，在签那几页纸的时候居然抖个不停。

回顾这些年熬夜写稿的辛苦，回顾近几个月排队摇号的疲倦，像是一场不愿再回忆的战争，签完购房合同的那一刻，也是和不快乐的回忆签了停战书。

从这一刻起，我是一个在杭州有家的人了。我不用再看房东的脸色，不用再进行一年一度的大迁徙。

也是从这一刻起，我成了一个要从头奋斗的人，没有存款，还欠了银行30年的房贷，我要从山脚重新开始往上爬了。

说实话，我有点儿累了。

但是一想到爸妈视我为骄傲，妹妹以我为榜样，又觉得，这座山还可以再爬几十年。

当许多人埋怨待在北京发不了财、买不了房时，

还有这么一大群人，真心感激北京。

他们来到北京，不为扬名立万，

只求谋一个普通人的生活。

不忘初心归去 /

我不是来北京追梦的

◎ 西　岛

一

"我觉得北京没什么好的。"

北漂的聚会上，免不了要说两个老生常谈的话题：哪里人？
为什么来北京？

轮到方方了。她想了想，说："我来北京，是因为在老家待
不下去了。"

方方的老家在重庆的一个小县城。

方方是女孩。在那个县城里，家里没有儿子，仍是卡在父母、
长辈们心中的一根刺。

"我从上幼儿园起，就是在姑姑家长大的。爸妈生了弟弟，
计划生育查得严，不得不把我送出去。"

　　方方的父母都是公务员，为保住饭碗，不得不出此下策。

　　方方还依稀记得爸爸把她送走那天的情景。天不亮，爸爸一手提着行李，一手牵着她，带她从家往外走。她那时还小，但也隐约察觉到爸爸要带她去一个很远的地方，而且很久都不会回来。

　　坐了 5 个小时的车，方方从重庆来到了四川。走进姑姑家，一切都陌生得很。方方想哭，但她咬紧嘴唇，拼命不让自己哭出来。

　　"我怕我一哭，爸爸就不会再接我回去了。"

　　方方安静地在屋里坐了好久，揣测爸爸走远了，才怯生生地抽泣了两下，颤悠悠地叫了一声："爸爸。"

　　这时，方方听到有人在敲窗玻璃。她抬头一看，原来爸爸一直在窗外看她，没有走远。

　　"我看到他，马上擦了把眼泪，把鼻涕吸了回去，冲他挥手。"

　　方方知道，爸爸也舍不得她。

　　"但我没有办法原谅他们。从那时起，我对'家'就没什么依恋了。"

　　方方在武汉上完大学，然后，义无反顾地离家千里，来了北京。

　　"我不回去不仅因为这个心结，更因为我……"方方突然拍了下桌子，"你们看得出来吧？我，我喜欢女生。"

　　那天，方方穿着白 T 恤、黑短裤，留着利落的短发，脸上不施粉黛。从背后看，活脱脱一副男生模样。

　　"光这身打扮，留在老家就不知要遭人背后说多少闲话。"

北京没什么好，但足以包容方方这样一个姑娘。

"在这里，我能像普通人一样生活。真的，我只想像个普通人一样生活。"

二

说到重男轻女，赵小姐一下来劲儿了。

她来自潮汕。

"高二的暑假，我爸很难得地要跟我谈心，谁知一张口就劝我别去上大学了。"

那时恰逢金融风暴，赵小姐的爸爸做生意失败，手头紧张，想方设法节省开支，第一把火就烧到了自己女儿身上。

爸爸苦口婆心地劝说赵小姐："女孩儿家，读再多书也是要嫁人的。嫁人后无非生儿育女，操持家务，有没有大学文凭，有什么打紧呢？不如趁现在年轻，早早挑个好人家嫁了。要嫁了有钱人，不仅下半辈子不用吃苦，还能帮爸爸解解燃眉之急呢。"

"我没答应他，只是说，从今往后，我不再向他要一分钱。"

赵小姐大一的学费，是向姥姥借来的。

"从上大一起，我就到处打工，什么活儿都干。一年后，不仅还上了姥姥的钱，还攒齐了大二的学费。"赵小姐说起这事，脸上不无得意之色。

赵小姐说她来北京是因为喜欢电影，从高中起她的理想就是做与电影相关的工作。

赵小姐如今在一家影视公司做内容总监，收入不多，工作很忙，不过她做得开心，也从未有过回乡的念头。

"回去干吗？"赵小姐一脸嫌弃，"回去了，无非就是催我结婚，催我生孩子，还非得生出个儿子不可——这种地方，换成你，你能待得下去？"

三

说起"待不下去"四个字，无人能比小海更有说服力。

"我老家在鸡西，鸡西你们知道吧？对，就是地理书上写的那个产煤的地方……"

2015 年，全国掀起削减钢铁、煤炭产能的大潮，拥有近 30 万煤炭产业工人的鸡西，成了"手术刀"下的重灾区。

鸡西只是东北地区整体衰落的一个缩影，当地人对停业、破产、下岗一类的名词，早已司空见惯。

"没有办法，只能往外跑。"

我们同小海开玩笑："三亚的东北人可多了，遍地都是东北菜馆和说东北话的人。"

小海苦笑："三亚是好，阳光充足，空气干净，又很暖和，但毕竟远呀！谁也不想跑到离家那么远的地儿，对不对？"

相比之下，距鸡西 1000 多公里的北京，是一个不错的选择。

"我不会回去，主要是因为回不去了。要回老家去，只能进煤矿——我们那儿除了挖煤，没什么可做的，"小海埋怨，"就是挖煤，还得家里拼命说关系、花大钱，才有位子。"

小海伸出两个手指头，冲我们比画："没有20万，根本别想。"

四

常有人说："你们这些外地人，千里迢迢跑来北京，赚不到钱，买不起房，还在这儿混着干吗？不如早早回老家去。"

他们没有恶意，只是不理解。

他们不知道，这群人唯有来到北京，才有立足之地。

生活在当代中国的绝大多数人，不会再为温饱担忧，也不再会单纯地为温饱奔波，他们要追逐一些更高级的东西。

他们要逃避的，不再是贫穷和饥馑，而是偏见、歧视和无可奈何。

他们没有什么宏图大志，对买房也没什么奢望。他们的愿望很简单：靠勤劳和智慧生存，不被莫名其妙地歧视，不被莫名其妙的潜规则逼得无路可退。

温饱之外，这难道不也是当代人生存的刚需吗？

五

在北京，你经常能发现一些特立独行的人。

丁克、同性恋、不婚族、社交恐惧、性别认同障碍、父母对子女无恩论者……随便哪一条，放到中国的三四线城市，都是要被千夫所指的。

但北京不太一样。这些特立独行的人在这里能比较自由地生活，比较畅快地呼吸。哪怕别人有所不满，碍于教养，也很少会当面骂他们"变态"。

在他们的老家，邻里乡亲是不忌讳做这些的。他们甚至还会因自己的行为而产生一些莫名的快感，觉得自己是在替天行道。

北京不是遍地财富的黄金乡，不是上帝许诺的奶与蜜之地。北京承诺不了你存款、房子、期权、股票和公司，北京能承诺的，只有灵魂深处的自由自在和渗透到每个人骨子里的包容。这里能同时拥有全中国最多的顶级富豪与诗人、作家、流浪歌手，不是一个偶然。

当许多人埋怨待在北京发不了财、买不了房时，还有这么一大群人，真心感激北京。

他们来到北京，不为扬名立万，只求谋一个普通人的生活。

他们爱着北京，不管北京是不是同样爱着他们。

租房记

◎ Lemon

一

那间房间紧挨着厨房，不足 10 平方米，只有一扇朝北的小窗户。我打开窗户，视线被对面的大楼遮了个严实。

我犹豫了一下，跟中介小哥说："我再多看几家吧。"

中介小哥西装革履，衬衫领子下藏着一条闪亮的金链子。他眼珠子转了两转，操着东北话低声说："大妹子，只要签下你这单，我这个月的任务就算完成了，要不我再给你便宜 100 元，看在咱俩是老乡的份儿上，你就帮了我这个忙吧。"

我环视了一下简陋的房间，摇摇头说："我才看了两家，我总得比较比较啊。"

中介小哥的手机适时地响了起来，他接起电话"嗯""啊"

了几声后，表情突然变了："你这么急啊？我得帮你问问才行。"他放下电话，一脸诚恳地望着我："有位大哥看上这间房子了，着急想租下来。要不看在咱俩是老乡的份儿上，我再给你便宜50元，就租你不租他了，行不？"

我天真地感慨了一句："这地方的房子这么难租啊！"

中介小哥的声调立刻高了一个八度："那当然！金台路附近的房子抢手得很呢！你不赶快做决定，恐怕这间也没了！"

我惴惴不安地问："其他房间住的都是什么人？"

中介小哥拍着胸脯保证："你放心，我只租给正经人，他们绝不会打扰租户的正常生活。"

我向来不懂得拒绝别人，加上那年刚到北京工作，很傻。在这两种原因的推动下，我签下了这份租房合同。

二

刚搬进新家没多久，我妈说要来北京看我。我花了一整个晚上洗衣拖地，生怕爱挑剔的她嫌弃屋子脏乱差。

接到我妈后，我和她打车回到了我的住所。她踩着精致的高跟鞋，咯噔咯噔地走上了老旧的楼梯。"这楼也太破了吧，晚上安全吗？"她在楼道里东张西望，还没进门，抱怨就拉开了序幕。

"楼是旧了点儿，但都有监控的。"我用钥匙打开了门。

"这么小的房子住这么多人？"

"还好啦，反正大家平日里互不干扰。"

我妈在我的床上坐下，小羊皮手套、挺括的风衣还有名牌包在我昏暗的房间里显得局促不安。她问我洗手间在哪儿，我告诉她在主卧对面。

不一会儿，我妈受了惊似的跑回了我的房间："这洗手间也太恶心了吧？平时没人收拾吗？还有厨房，比'三无'小饭馆还脏！"

我耸耸肩："我收拾过几次，第二天又恢复原样了，后来我也懒得打扫了。"

我妈叹了口气，语气异常严肃："跟我回家吧，有轻松的工作，还有属于你自己的大房间，多舒服。"

"我在这儿挺习惯的。"

"那你找一套好点儿的房子，我帮你交房租。"

我摇摇头："我不想毕业了还花你的钱。"

这套房子是三室一厅的格局，我租的房间是其中最小的一间，可房间里却摆了一张硕大的双人床。中介小哥说房东不让乱动家具，我只好把不常穿的衣服叠好，堆在双人床靠墙的一侧，节省下衣柜的一部分空间放鞋子和杂物。房间里只有一张电脑桌，没有地方放书，我就找了一个纸箱立在墙角，把书一本一本摆进去码好，书脊朝外，看上去也像是一个简易小书柜了。洗手间和厨房是公用的，洗手间的地上永远有清理不干净的头发，厨房的洗碗池里永远都堆着没刷的碗。

我毕业前一直住在家里，拥有一间自己的卧室，墙壁是粉色的，窗帘是粉色的，床垫软软的，枕头旁堆着毛绒玩具。床边有一个白色的小书架，书架上除了书，还摆着穿蕾丝裙的洋娃娃。我妈觉得女孩子就应该喜欢粉色，女孩子的床就应该是软乎乎的。我妈还觉得，她进我的房间是不需要敲门的，我也不应该关门。

初尝独立与自由的味道之后，我毅然决然地选择留在我的破合租屋内。从那以后，我妈再也没来北京看过我，哪怕我后来已经有能力租下舒适整洁的独立住所。

听亲戚们说，我妈每次跟人谈起我那间出租屋时，都忍不住掉眼泪。

三

住在主卧的女孩总是晚上六七点化好浓妆出门上班，早上七八点回来。因为作息时间不同，我在这住了半年多，也只是和她打过几次照面。本来我们各自生活，相安无事，然而不知从哪一天开始，她的下班时间提前了。

从此之后，每天凌晨四五点我都会被"咚"的一声关门声惊醒，我迷迷糊糊地看一眼时间，再继续蒙头睡。我以为自己很快就能适应这"咚"的一声，却不知道，后面还有层层考验在等着我。

偶尔，女孩下班后会带一些朋友来家里做客。这些男男女女吵吵嚷嚷地路过我的房门，进了女孩的房间。他们把音箱的音量开到最大，开心地聊着什么，笑声和音乐声一浪接一浪地涌进了我的房间。我试图敲门提醒他们，但不知道是我的敲门声太小，还是音乐声太大，从未有人给我开过门。

有一次，凌晨四点我被一阵急促又剧烈的敲门声惊醒，一个充满醉意的男人的声音穿透墙壁清晰地传来："为什么？你为什么要跟我分手？！"女孩不耐烦地说："我要睡觉了，你能不能先回去。"男人继续吼道："我不能！你告诉我为什么！"

我穿着睡衣冲了出去，还没开口说话，就被男人身上的酒气熏得晕头转向了。我努力保持平静："这位先生，我们都还在睡觉呢，你能不能小声点儿。"

男人把头扭向我，双眼通红："关你屁事！滚回你屋里去！"

我心里腾地燃起一把怒火："你打扰到别人了，你不知道吗！"

男人跨进门来，抬起拳头就要揍我。女孩挡在我和男人之间，抓住男人的胳膊劝他："你听话，先回家，明天我去找你。"

不知这样僵持了多久，醉酒的男人终于被女孩哄出了门。

四

我的隔壁还住了一对年轻的小夫妻，他们很安静，从不打扰别人，但对其他人的事也不闻不问。比如我试图劝阻女孩房间的派对时，或者差一点儿被醉酒的男人揍时，这对小夫妻都安静地缩在自己的房间里，一副与世无争的样子。

我以为他们会这样一直安静下去，直到某一天深夜，隔壁突然传来了婴儿的啼哭声。后知后觉的我这才回忆起，在此之前，年轻妻子的小腹是隆起的。但想象力贫乏如我，无论如何也想不到，会有人在这狭窄的出租屋内生孩子。

"搬家！必须搬家！"我受惊了般地自言自语，一如我妈当时被洗手间吓到了的模样。

第二天我找到了租给我房子的中介小哥，提出想要退租。

中介小哥懒懒地说："退租可以，当月房租不退，押金不退，水电费、网费不退。"

租了大半年房子，已经不傻不天真的我早料到他会有这么一手。我摆出一副笑脸，甜甜地说："大哥，看在都是老乡的份儿上，帮个忙呗。"

中介小哥抬眼看我，一副语重心长的样子："怎么就不住了呢？这么好的地段和房子上哪儿找去。"

我装出一副百般不舍的样子说："换工作了，想离公司近点儿。"

"劝你最好住满租期，我们从来不给退钱的。"

我收起笑脸，把租房合同啪地摔在桌上："退不退钱你说了不算，合同说了算。"

中介小哥的脸沉了下来："退租可以，我们得先检查一下房子。"

当天下午，中介小哥带了两个彪形大汉来到我的房间，他们东看看，西望望，嘴里念念有词："哎呀，这墙都变色了，让我怎么跟房东交代，还有这厨房怎么这么脏啊。"

我不慌不忙地翻出手机照片："我刚租下房子时，墙壁就是这个颜色，照片可以做证。至于厨房，我从不做饭，变成什么样和我一点儿关系都没有，另外两户人可以做证。"

中介小哥看栽赃不成，立刻改变了应对策略："我最近有点儿忙，你过两天再去找我办退租手续吧。"

当然，我再也没见过这位中介小哥，每次给他打电话都被挂断。后来我干脆一副泼妇做派，每晚下班后都赖在中介网点不走，指名道姓地喊中介小哥出来。中介网点里的人自然是护着中介小哥的，他们时而骂我，时而将我当作空气不予理会，还有一次直接把我推出了门。一筹莫展的时候，我想起那句"有困难，找警察"的标语，于是我冒着挨揍的危险对中介网点的主管言语相激，待他怒不可遏准备抄家伙时，我逃到人多的街上，拨通了110。

大概是从没见过为了 1000 元如此坚韧的人，一个星期后，中介公司的人终于不胜其烦，把押金和没用完的水电费、网费都退给了我。我接过那一沓现金，昂首挺胸地走上了铺满阳光的街道。

五

后来我搬到了中国传媒大学附近，找了一间窗户很大、没有高楼遮挡视线的房间。同我合租的是一个女孩和一对小情侣，他们年纪与我相仿，又做得一手好菜。我们很快成了朋友，生活轻松而愉悦。但偶尔也会有一些无伤大雅的小插曲，比如厨房的水管断裂，大水一直淹到客厅；比如从阳台上突然蹿出来一只老鼠。

再后来我又搬家了，和男朋友麦师傅租了一套两室一厅的房子。客厅很大，足够我们的狗撒娇打滚、追跑玩闹；卧室采光充足，晴朗的早上我会被阳光吻醒。转眼一年过去了，房子到期了，房东主动带着合同前来续约，房租还维持着原来的价格。来北京四年，一共搬过五次家，这竟然是第一次租约期满时不用再心烦找房子、搬家。

我妈还是不肯来北京看我，却也不再唠叨着让我回老家工作了，似乎一切都在朝着好的方向发展。但看着总有一天会到期的租房合同和疯狂上涨的房价，我心里仍有不安，似乎一切又都在走向另一个未知。

给自己熬制蜜糖

◎ 巫小诗

高考那年，我们还是十几岁的少男少女，我的后桌已经22岁了。

他在4年前经历过一次高考，分数不太理想，便直接外出务工了。

几年兜兜转转下来，他还是想圆自己的大学梦，于是重回课堂，备战人生的第二次高考。

跟我们这群青春洋溢的高中生相比，在社会上摸爬滚打了好几年的他显得有些沧桑，说他是任课老师都有人信。

刚开始，我跟他很少交流，虽然坐在他前面，但对当时的我而言，他实在"太老了"，"老"到我跟他没什么共同语言。

或者说，因为他的年龄，让我跟他多说一句话，都有妨碍一把年纪的他考大学的负罪感。

　　因为他不懂的题实在太多，他的同桌又是个"学渣"，于是成绩不错的我，在给他讲题的过程中，渐渐地跟他建立了友谊，偶尔也聊到他这几年的打工生活。

　　他在皮鞋厂工作过，市面上的皮鞋，他看一眼就知道质量如何；他在餐厅当过服务员，他让我少外出吃饭，因为有些餐厅后厨的卫生状况堪忧；他还做过很苦的体力活儿，最后没坚持下来，没拿到工钱就走了……

　　他说，很苦的时候总会感慨，如果有个贵人来帮一把就好了，可人生又不是电视剧，哪来那么多贵人。

　　他刚开始工作的时候，觉得这些年念的书完全都没用。工作久了，接触的人多了，才渐渐发现，"念书没用"只发生在念书少的人身上。

　　他在餐厅打工的时候，给写字楼送过外卖。办公区域的黑板上写着一些开会时留下的文字，明明每个字都认识，但好多词他完全看不懂。

　　他望着那些衣着得体、谈笑风生的上班族，感到了自己和他们之间巨大的鸿沟。

　　在皮鞋厂工作的时候，他感觉自己就像是一台机器。那时候他想，如果可以重回高中的课堂，他第一天就知道要怎么度过。

　　后来，他鼓起勇气，给自己攒够了读书的学费和生活费，毅然决然地以 22 岁的"高龄"重返高三课堂。

他想再给自己一次弥补遗憾的机会。这一次，他想救自己一把，当自己的贵人。

发奋读书的他，被老师当作全班学习的楷模，但他的过往也在某种程度上，作为"不好好念书的后果"给我们敲响了警钟。

我想偷懒、想放松的时候，回头看一眼他，似乎又多了一些动力，与其说那是榜样的力量，不如说是"警钟长鸣"的震慑。

他上课坐得笔直，晨读时声音洪亮，回答问题积极，笔记记得也工整，态度简直像个听话的小学生。有时会觉得他有点儿好笑，笑过又会感慨他的故事很励志。

不知不觉，6月的下课铃响了。高考结束，我们各自奔向自己的前程。

说句发自内心的话，我对他考得好的期待，已经超过自己考得好的期待了。他太不容易了，我们都希望他能有个好结果。毕竟远离课堂好几年，毕竟底子不是非常扎实，那么用功的他，最后只被一所二本院校录取。

他自己还挺满意的，说有大学上就很幸福，足够让几年前还在缝纫机旁、洗碗池边的他骄傲了。

没读大学的遗憾，他已经在岁月里拼尽力气来弥补，那道与写字楼里说着他听不懂的名词的上班族之间的鸿沟，他也靠自己的努力渐渐填平。

很多时候，谁都救不了你，只有靠你自己。

你可以是给自己酿成苦果的人，也可以是给自己熬制蜜糖的人。

我们均是肉体凡胎，每日为生计忙活。

但请不要忘记自己

——记得自己的强健，更记得自己的脆弱。

最勇敢的自我

◎ 曹 顿

一

年岁渐长，如果你想和这个世界和平相处，那么一切都是可预期的。你会在 35 岁的时候想创业，但为了老婆孩子放弃；45 岁的时候，告诉年轻人什么叫成功；55 岁时，每天在"朋友圈"发一条养生小窍门；75 岁时，你的口头禅是"只要身体好，就什么都好"。从今以后，你还是每天忙得团团转，不过是原地打转，你脚下这块地逐渐被你转出了一个深深的窟窿，你就像那只仰头看天的井底之蛙，这也是可预期的。

但我比较喜欢开放式结局。

收到哥伦比亚大学的录取通知那天是 2 月 28 日。之所以记得这么准确，是因为前一天晚上《来自星星的你》大结局了——熬夜看剧的我挣扎着起来瞅了一眼手机，就重新沉浸在挥别都敏俊的深深哀痛之中，整整三天没洗脸，连续一个礼拜食不知味，还破天荒地失了眠。

我喜欢美国，非常喜欢。这里亲切又冷漠，充满激情又理智，自由主义的味道跟麻辣火锅一样让人愉快。在国内待久了，人会像气球一样越来越鼓，而美国却让人体会到一无所有却又异常富有的奇特感受。

去哥伦比亚大学其实不只为读书。

本科毕业十年了，如今我的一切领悟都来自为人处事的磨炼，明白最珍贵的知识都在不进则退的现实世界里。而当今各种先进的学习手段，已经让学校不再是获取知识的唯一场所。我只是觉得，在自在懒散的加利福尼亚州和斯文体面的新英格兰胡混过以后，该去纽约开开眼界。

在这段"假期"里，我打算多多实习，多多做事。哥伦比亚大学与中国渊源深远，图书馆馆藏丰富，我也想在图书馆多念两本正经书，写点儿文章。隔着遥远的时间和空间端详祖国，即便没什么贡献，也能有所反省。孟子说："穷则独善其身，达则兼济天下。"我夹在中间不上不下，常常被生活摆布得束手无策，垂头丧气，便这样躲进故纸堆里去。

对我来说，去美国留学永远只是一段愉快的假期而已。

二

曼哈顿不是一个随便能安家的地方。

来纽约的第一个月，儿子陪我去买家具，奋力推着比他高一个头的购物车。买菜的时候，面粉撒在我的裤子上，女儿立刻蹲下身去用小手轻轻掸掉。在外面看房子看了一天，两个孩子疲惫地在地铁里睡着了，两颗小脑袋抵在一起。我妈妈不忍心，背着小姑娘走回家。

即使美国经济已经复苏，生活的压力依然咄咄逼人。纽约客们都被迫加速前进，只为了在纽约生存下来。虽然有不少人于工作日的上午在中央公园里慢跑，但仍然可以看到他们的脸上挂着忧虑。与曼哈顿一河之隔的新泽西州才更像人们固有印象中的美国——平静、缓慢、干净，没有呼啸而过的出租车和坑坑洼洼的脏水塘。

很多曾在纽约居住的中产阶级因为不堪拥挤和压力搬离了这座都市，让如今的曼哈顿成为贫穷的劳工和富商巨贾聚集的空心城市，所以这里50%的居民是穷人。

而我们，没有保姆，没有车，甚至连电视也没买，只有简单的一日三餐和几件行李。站在水槽旁望着母亲和孩子们，我问自己，这样可以成为"最幸福"的吗？

"你想回深圳吗？"我问儿子。他环住我的脖子笑嘻嘻地说："我想和妈妈在一起呀！"

他俩喜欢曼哈顿，因为家里第一次有了高低床。

我可没孩子们这么轻松。林书豪曾经说过，你一旦进了哈佛大学，他们就会照顾好你。但哥伦比亚大学的学生没有这种幸运。纽约的每一个角落弥漫的都是同一种味道：成功。而在晨边高地，成功则是每个学生必须兑现的承诺。大部分美国大学要求学生平均每学期学习四门课，而在哥伦比亚大学，一学期学习五门甚至六门必修课都是司空见惯的。很多学生因此时常进出校园的心理诊所，却没多少人抽空抬起头，看看诊所所在的建筑 JohnJay Hall。

那是为了纪念校友——美国的开国元勋、第一任首席大法官 JohnJay 而建造的。这些也只是给游客们看看罢了。

如今，一个新鲜蹄髈带给我的愉快远远超越了当季服装，这与过去的我大不同了。只因凭我这平庸智力，应付学业的同时照顾老幼已需竭尽全力。周六要带着妈妈和孩子们在城中看演出与玩乐，周日则总在东亚图书馆的窗边与书本、论文相伴。为使这副肉身继续坚持，还需再牺牲些睡眠去健身房。

唯有短短几天春假，可成为繁忙生活的逗号。那个时候，学校空无一人，只有蓝天、绿树和教堂的钟声。广场上的喷泉随着春天的到来重新开启，水珠滴滴答答地落在池子里，和耳机里舒伯特的《F 小调幻想曲》交织在一起。

我喜欢坐在台阶上，晒一小会儿太阳，休息片刻。

他们说，这是何苦呢，明明眼前有条坦途，却要纵身跃入这荆棘。

对于刚逃离本科生活，一心向往约会游乐的年轻同学来说，这求学生活实在是煎熬，可我却是享受的。我享受每学期上五门课，享受熬夜赶作业，也享受在图书馆里坐得腰酸腿疼的时刻——宝贵的资料太多了，图书馆里没有的资料可以跨越地区免费寄过来；电子数据库无比强大，几乎能从中找到全世界所有的文章。每天以十倍于过去的速度更新知识体系，亦以十倍的速度重建自我的内在世界。这荆棘上的蜜，要比蜜罐里的更甜。

三

每天早晨八点半送走孩子后，我返校或去实习，晚上七八点回家。往返路程大概一个半小时，破旧的地铁里没信号，我可以一目十行地浏览课本。

妈妈不太懂英语，我放学之后会顺便买菜，鸡鸭鱼肉装了满满一书包，常常把肩膀勒出两道红印来。

晚上回家后先给孩子们洗澡，他们必然发表浴缸演说，这是我获悉重大八卦的主要渠道。吃过饭后，辅导儿子功课，回复他们学校的信件，然后和大家聊聊天，给孩子们讲一小段故事。

晚上九点半大家入睡，家里才安静下来，我开始学习，直到十二点半。

自然也会有兵荒马乱的时候，比如厨房漏水，妈妈身体抱恙，偏偏第二天又要考试，实在希望能像孙悟空一样，拔下一根毫毛一吹，即有无数救兵出现。

但大多数时候，并不像大家想得那么辛苦。

每个成年人都肩负多重角色，在母亲、女儿、妻子、学生、职场人几种身份中来回切换，这是一件极有趣味的事。我得以站在不同的角度，了解真实世界的方方面面和里面各式各样的人。我就像一台变频空调，灵活地转换模式，使生活不至于深陷单调重复之中。

去年夏天飞往肯尼迪国际机场的时候，我在廊桥上看到一句广告——教育是最明智的投资。

在大多数人眼中，教育是成功的必经之路，是跨越社会阶层的捷径。人们期望通过获取更高的学历，从而得到更高的收入和更高质量的人际圈子。

这自然不是免费的。拿哥伦比亚大学来说，一张硕士文凭要价约 10 万美金（约合人民币 69 万元）。

那么，对年过 30 岁的我来说，这又算什么呢？连最初级的投资者都懂得，投得越早，回报越大。反过来，就像保险公司信奉的原则：年纪越大，代价越高。带着一家老小在曼哈顿求学，花费是年轻留学生的数倍不止，可常春藤的名号在我身上却并不能套多少现。我并不相信坐在教室里可以学会募集资金、管理团队，或者改变世界。

然而，我在这里得到了生命中最有价值的体验。这所不大的校园，为我打开了无限的思考空间。

　　思考——对一个有丈夫、有孩子的女人来说，应该是必做清单中的最后一条吧。

　　即使在纽约这样一个无奇不有的大都市，人们也会讶异于我这样的举动。他们会悄悄查看我的家庭信息表，也有人率直地问："你没离婚吗？"朋友曾半开玩笑道："你一定中途就要跑回家救火，不如还是免了来回机票。捡了芝麻却丢了西瓜的蠢事不宜做。"

　　对女性来说，家庭是一个我们万万不能打烂的西瓜，所有好名声都要由它来保底。到了一定年纪，无名指上若没有婚戒，就要做打折处理；结婚以后没有孩子的人，最好远离同学聚会；如果成了单亲妈妈，胸前佩戴的小红花便要默默摘下来。

　　总之，我得兢兢业业地经营我的家庭，方能避免自己被一股巨大的惋惜之情所淹没。

　　我并不对此感到愤愤。

　　从小我就和男孩子们一起读书，一起打球，一起翻墙逃学，一起淋着夏天的大雨，欣赏迷你裙下的长腿。我不懂娇羞，不懂矜持，也没有爱情的苦恼。我总是率先表白的那个，也是最早决然离去的那个。

　　父母给了我一个男女难辨的名字，也从未教过我如何使用女性魅力。妈妈虽然与爸爸不欢而散，也未曾说过什么男人的坏话。

　　对我来说，男人是爱人、朋友、伙伴、兄弟，我与他们平起平坐，互相守望。我支持他们，也得到他们的尊重，而不是宠爱；我照顾他们，也得到他们的关怀，而不是保护。在我父母心中，我并未因已嫁作人妇而放任自流；在我丈夫眼里，我的价值永远高于子女。

我没有因为穿裙子而得到过一份工作，也没有因此而少熬一个通宵。

我们均是肉体凡胎，每日为生计忙活，但请不要忘记自己——记得自己的强健，更记得自己的脆弱。那些藏在自信下面的自卑，躲在善良背后的虚伪，这些连自己都快要忘记的致命要害里，站着最勇敢的自我。

在陪读区感受高考

◎ 柴岚绮

一

感觉到高考近在眼前,是在我加入了陪读家长的物品交流群后。

原先一直沉默的群,最近几天爆发了,家长们开始忙着处理各种生活用品:床、床垫、书桌、书架、空调、冰箱、电风电暖宝、蚊帐、米桶……各种物品的图片传上来,"有意者开窗私聊"。

我租的房子设施基本齐全,缺的小件,也早早从家里搬了过来。但我还是喜欢看家长们晒出的那些物品,它们带着一种"高考进行时"的状态。比如,待出售的书桌上贴着元素周期表和一张张写着励志鸡汤的黄色便笺;书架上放着《哈利·波特》和杰克·伦敦的小说；床垫的照片里，一张大床上放着两个大枕头和一个小枕头——他们家除了有高考生，还有一个才几个月大的"二宝"。

同学听我说有这么一个群，让我帮她在里面挑个书架。"我租的那个房子里的书架太小了，到了初三，书架肯定不够用。"她也是陪读家长，孩子上初二。

于是，我在群里订了一个二手书架。我跟卖家住同一个小区，晚上约好去她家拿。

敲开门，100 多平方米的房子里空空荡荡，没有电视，没有电脑。男主人穿长袖睡衣，双手插在上衣兜里。女主人一看就是那种热情能干的妈妈，已经把书架擦得干干净净。

"进来坐啊。"她招呼着。

"还有床垫、简易衣柜，需要吗？"女主人问。

"谢谢啊，就要一个书架，其他的不需要了。"

"还有几天就考试了，现在家里是什么氛围？"我冒昧地进行"采访"。被这陪读区的氛围感染着，我都有点慌了，毕竟两年后，站在此刻他们面临的这个时间节点之上的，是我们。

"孩子去年大部分时间都在外地参加竞赛，文化课耽误了一些。他说能再给他一个月的时间就好了。"女主人笑着说，"我们现在能做的，就是尽力让他放松心态。到最后啊，考的就是心态。"

因为孩子，因为高考，原本陌生的我们站在这空荡荡的客厅里，热络地聊了好一会儿。

高考结束后，他们将举家搬走，而这个房子，又将迎来新的陪读房客。

<h2 style="text-align:center">二</h2>

高三的孩子开始和高一、高二的孩子同步放学了，原先，高三要迟一个小时放学。

夜晚的校园门口，高三学生的家长都来了。

"专用笔套装买到了！"一位妈妈骑车过来，车筐里放了一堆东西，其他几位妈妈立即默契地围了上去。

"这个笔写出来的字，墨水即干，手抹上去也不会蹭掉！"

原来，她们团购了高考专用笔套装。这个套装要200多块，不便宜，但是没有人犹豫。

"你家机票订了吗？"

"订了，你家呢？"

"也订好了！"

起初听到这几位妈妈的对话，我以为高考结束后她们就要放飞自我了。再一听，并不是，高考结束后她们还要带着孩子赶去参加大学的自主招生。

我和两个高三学生的妈妈站在一起。她们问："你家的孩子读高几？"我回："高一。""哦，还早！"她们吁出一口气，是即将熬出头的模样。

三

我们小区不愧是陪读小区，就连物业都给住户群发了"禁止发出噪音时段"通告，还有贴心的高考饮食指南。

各个 QQ 群里，家长们发送着从各处转来的消息，比如这样的——"6 月 6 日。今天下午 3 点，你应该到考点看看考场。看考场时，建议穿着考试期间要穿的衣服，看看服装是否符合'无声入场'的要求。在你的位置上坐一下，看看桌椅用不用调换，能不能看到挂钟，会不会被空调直吹……如果有以上问题，请告知考场里的老师。最后，找到离你的考场最近的厕所在哪里。看完考场后径直回家，吃完晚餐，稍作休息，早点睡觉。"

"6 月 7 日、8 日，你将成为考场中的王者，心平气和是你成功的王道。"

高一家长群里，家长们也有宣言——"高考期间，我们尽量选择乘坐公共交通工具出行，为接送考生的车辆让行；如果开车出行，不鸣笛、不超速，遇到考生及考生乘坐车辆，为其让行。希望通过我们的共同努力，为参加高考的孩子们保驾护航，让他们安全出行，顺利应考，正常发挥，成就梦想。他们是每个考生家庭的希望，他们是我们国家的未来。"

这条内容底下，家长们发送的竖起大拇指的表情符号整齐排列。是的，因为两年后的夏天，就轮到这一拨家长的孩子走上考场了。

在这最后的冲刺阶段，往常还算热闹的本地家长论坛也安静了下来。最新的帖子标题是：请 2018 届的家长一定要稳定情绪！

帖子底下说，估计现在看论坛的毕业班家长已经不多了，大家都在家里全力以赴帮孩子备考。但是这两天，帖主见到一个名次靠前的孩子的妈妈似乎已经情绪崩溃了，这样对孩子不利。

有人跟帖："名次靠前还能崩溃？"也有善解人意的回帖："情绪这东西就是很莫名其妙的。"

30 岁出头的同事说起自己的高考经历——出发，去县城考试，在家门口遇到父亲。"去哪儿？""去高考。""你不是才高二吗？""我高三啦。"这个段子，每每想起我都会大笑。

我丈夫也回忆起自己的高考经历："那时住校，稀里糊涂的，对高考没什么特别的感觉，况且考场就在我读书的学校。但高考前的那个晚上，我爸突然来了。我觉得很奇怪，问他来干什么。他说怕我明天早上睡过了，专门来喊我起床。"

四

高考前，经常能看见私家车停在小区楼下，后备箱敞开，大包的行李吃力地塞进去——是即将撤离陪读区的架势。

搬来时我就预想过，到孩子读高三的春天，我就可以把厚棉衣、棉被先打包带回家了。平时多搬几次，东西越来越少，到退房时，该是多么从容不迫啊。

但我也想起朋友说过的一件事。她认识一个陪读的单亲爸爸，在高考结束、孩子去读大学之后，一个人在陪读的房子里住了好几个月。

刚来这里陪读时，看到论坛上有人转"陪读日记"，觉得写得朴实真诚，我便追到作者的博客去读。

他写陪读日常：早晨几点喊孩子起床、几点出门，递书包，拿牛奶，按电梯；孩子中午几点归来、几点午睡、几点又出门，直到晚上睡觉；偶尔没考好，孩子难过，他更难过，他写："孩子的每一种情绪都牵动着我们的心。"

追着读陪读日记，直到看到他的孩子考上了国内最好的大学之一，圆满撤离了陪读小区。

最近，在电脑的收藏夹里又看到他的博客，带着"陪读生活结束之后的这位父亲，是否还在记录生活"的想法点开，看到他还在写："两年后，回顾陪读生活，发现自己当时只关注了孩子，忘了自己的爹。"

原来，因为工作原因，孩子高三阶段来陪读的是他的父亲——在田里弯腰耕作了一辈子的农民父亲，一直住在平房里的父亲，忽然来到了离地几十米高的城市高层之上，第一次带着眩晕感乘坐电梯，第一次和生活了几十年的妻子长时间分离……

没有电视，不认识人，他的老父亲每天早上5：00起床做好早餐，然后便等着孩子放学。老父亲带了一个收音机来，一个人在家时打开听个热闹，孙子一回家赶紧关掉。

尘埃落定两年后，他恍然想起，在那一年的陪读生活里，自己的父亲在多么努力地适应着寂寞。

五

我喜欢看夜晚的灯火，特别是对面楼房里的灯火。在我们这个陪读家庭居多的小区，那一扇一扇窗里的灯，几乎都亮到深夜。

那些窗子背后，是还在学习的孩子和还在忙着做夜宵的父母。在孩子入睡之后，父母还在小声探讨哪所大学、哪个专业更好。

这是生活予以一个家庭的共同经历，这段相互陪伴的时光，是一个小小的驿站，孩子、父母和陪读的亲人们，经由此处，走向下一段更开阔的旅程。

那时，孩子和大人站在不同的地方回望这段岁月，是不是如夜晚陪读高楼里的这些小窗——在黑暗中闪亮如火。

现在，

偶尔在路上遇到快递员，

我会假装向他们问路，和他们说说话。

如果他们在路边吃饭，

我会在他们的身边坐坐。

不忘初心归去 /

当我送快递的时候，我在想些什么

◎ 梅山君

23岁那年，我找到了一份送快递的工作。

我所在的快递公司，不是某通、某丰或某达，而是一个购物网站自己的快递公司。它的招聘条件只有一个：自备电动车一辆。于是，我骑着我的淡蓝色电动车开始了长达半年的快递员生涯。

快递在途

我每天早上6点出门，到快递点后，从昨晚卸下的一堆快递里面挑出自己配送范围内的快递，然后想尽办法用绳子把它们绑在我的电动车上。

绑快递很有难度，所以绑的时候就必须计划好当天配送的路线——把最后送的快递放在最底下，最先送的快递放在最上面。

不想做建筑师的快递小哥不是合格的快递小哥，我用俄罗斯方块练出的本领终于在这里派上用场了。

公司在这个城市的快递站点少，每个人负责的配送范围很大，我要花将近 30 分钟才能到达我配送的范围。

载满快递的电动车像一只开了屏的蠢笨的孔雀。在到配送地点前，我一般要应付两种人。

第一种人是在我等红灯时偷偷摸摸扯快递的人。有时我不用回头就能感觉到有人在扯，但更多时候我只是假装回头看看，因为快递太多，真的看不到是谁在扯，只能祈祷那人不会弄散我车上的快递。听其他快递员说，在路上快递被扯几乎是每天都会发生的事，很多扯快递的人就是想偷。

第二种是交警。大部分快递员并不会犯违反交通规则这样的低级错误，因为一旦违反交通规则，被交警抓住，会浪费送快递的宝贵时间，还有出交通事故的危险。我曾亲耳听见交警说："你们送快递的不是每个月收入过万的吗？违章被罚算什么？"所以，我看见交警偶尔会心虚，像一个做错事的小孩。

讨厌的时间和有趣的事情

我很讨厌周一，因为周一是快递员最忙的时候，有双休日的单位的快递都必须在周一准时送达。一旦周一下雨，那我这一天可能就送不完快递，即使很努力地送到晚上 10 点，还是会被投诉，会被站长骂。

我很讨厌在上下班时间送快递。在大家挤电梯赶着上班打卡的时候，我根本厚不起脸皮跟他们抢电梯，所以我会选择爬楼梯。我试过从负一楼爬楼梯到 17 楼，但长期这样，不但显得很蠢，而且身体也吃不消，所以我会坐电梯到最高层，然后从上往下走楼梯派发快递。

我很讨厌下雨，因为雨天必须小心翼翼地给快递防水，即使自己全身湿透，也不能让快递沾到雨水，不然会被投诉得很惨。

不过，送快递真的是一件非常有趣的事情。

我看过这样一句话："人不知道从何而来，也不知道归处。"但快递不仅有来处，更有归处。它们被包装好，穿越千山万水，来到我的手上，像一个包装精美的神秘灵魂，我不知道里面藏的是什么，只知道收件人的名字与联系方式，但我很期待每个收件人打开它的那一刻。

送快递能让我光明正大地去一些我没去过的地方，我知道各种办公大楼与住宅的结构，以及那里住着什么人，有着什么样的气味。

每拿到一个快递，我都会琢磨收件人的名字与长相，偶尔会在心里吐槽。比如，"秦宝宝，你爸妈给你取名字的时候想到有一天你会长成身高将近 1.9 米的壮汉吗？""林美丽，见了你之后，我在想你叫这个名字真的好吗？""挺可爱的一个女孩子，为什么要叫'我的鸡八岁了'！"

很多收件人会在我面前开箱验货，我会观察他们打开快递时的模样：充满期待的眼神，微微上扬的嘴角，以及不知道怎么打开快递箱子时的尴尬表情。

从收件人的打扮上我可以感受到这个快递的重要性。比如，这个快递肯定对这个姑娘很重要，她竟然不洗头、穿着睡衣就跑出来见我，我很高兴能将快递安全地送到她的手上。

差评和感动

我或许不太适合做快递员。

每个月月末快递员都会收到公司发的服务评价表，我经常收到差评，理由一般是送得慢。我收到过几个让我印象特别深刻的差评，我知道给差评的人是谁，从他们收件的表情、语气、签名的力度，我就知道他们将会给我什么样的评价。

一个女人网购了化妆品，签收后过了几天想要退货，因为她之前是货到付款，所以她觉得收了钱的我应该直接退款给她并带走化妆品。而正规流程是先网上申报，客服给出退货地址后，再把货物快递过去，收货方验收确认无误后，退款会打回网购的账号。我在电话里告诉了她，并把操作流程以短信的形式发给了她，但她只丢给我一句："我只想要现金，你不来退货我就给你差评。"

这是我得到的第一个"态度恶劣"的差评。

　　我还遇到过货到付款时想要给假币的收件人，也和在我面前开箱验货时想要偷偷换化妆品的女孩吵过架，最后她灰溜溜地签收了。

　　吵得最凶的一次，是一个快递上面备注了必须本人签收，而一个男人当着我的面想要拆快递，我不允许，被他骂多管闲事，最后快递被他强拆了——用精美纸箱装着的红色名牌胸罩在我们两个面前显得特别突兀。

　　胸罩胸罩，大凶之兆。

　　我得了一个"私拆快递"的差评。

　　打电话向原收件人解释也没用，因为快递员收到的差评并不像淘宝的差评一样可以修改，而且收到差评就会被扣钱。

　　偶尔也有让人感动的时候。不管一个地方你多熟悉，送了多少次快递，总会有你不知道的角落。有一次，一个收件人的地址实在太偏僻，我找不到又很心急，便打电话请求他到一个附近的、彼此都熟的地方取，他说好的。然后我在这个地点等他，他来了，很远我就看到了他，我知道是他——拄着拐杖，跟跟跄跄，我急忙上前，对他说："对不起，我太笨了，让你跑了一趟。"后来，我还发了一条很长的信息郑重向他道歉。

　　他回我道："没关系，加油。"

　　偶尔觉得委屈辛苦，我会躲在床上看一些收件人发给我的短信，上面会写"谢谢，辛苦了"，我觉得它们跟被窝一样暖。

　　当我送快递的时候，我会想什么？

　　当我送快递的时候，我偶尔会想到电影台词。

我按下门铃，叮咚。紧闭的门内传来一个声音："谁啊？"我用粤语轻声回道："对唔住，我系差人！"（《无间道》中梁朝伟的经典台词）

我会想我的快递千万不要被偷。

我的运气还不错，只丢过两个快递。第一件丢失的快递是一个女孩在网上秒杀来的裙子。我赔了钱给她，请求她不要在评价里写丢件，但她不肯，也不愿意要钱，说她很辛苦抢来的裙子，为什么我要弄丢？

于是我得到了一个"丢失快递"的差评，被扣了工资103元——裙子98元加差评5元。

另一件商品是一双冬天的靴子，货到付款，600多元，收件人是一个初中女老师。她坐校车上下班，我几次都没有赶在校车走之前将快递送给她，又因为货到付款也不能委托门卫签收，但女老师很好，她说她不急，让我下次送来。我连续几天都带着这个快递，最后被一个穿黑色衣服的中年男子笑嘻嘻地偷走，他一定不知道我在保安处看监控录像时难过得想哭。

600多元，我要送300多个快递才能赚出来，那是将近5天的数量。女老师很同情我，假装签收了，没有给我差评，然后我拿着自己的600多元交给了公司。

即使后来我不做快递员了，偶尔在新闻中看到哪个快递员被偷了价值多少钱的物品时，我都会想起那天下午从监控录像中看到的那个男子的笑容与我沮丧得想哭的心情。

当我送快递的时候，我还会想些什么？

我会想聊天儿。

在一些地点，会有很多快递员聚集在那里，等着收件人过来拿快递。我们不知道彼此的名字，只会用某达、某通、某丰来互相称呼。

偶尔我会因不知道路向他们请教；也会调侃他们有好多快递要送，简直发达了；还会一起吐槽各种"奇葩"的收件人。他们也会温暖地低声问我派送了多少件，有没有吃饭。

再见，有趣的工作

送快递真的是一份非常孤单的工作。

一个人上班，一个人下班，一个人吹着热风晒着太阳，一个人流着鼻涕感受冬天的寒冷，一个人摔倒，一个人捡散落一地的快递，一个人在路边发呆，一个人推车回家，一个人用手机找路，一个人买饭团、汉堡在路边吃……陪伴我的总是满车的快递和偶尔路过的流浪狗。

有时候我会送快递送到电动车没电。推着车回家时，我会想，能赶在电动车没电之前送完，真是太好了。

我最终还是辞去了这份工作。

家人觉得我太辛苦，工资也不高，公司觉得我收到的差评太多，我觉得自己看书的时间太少。离职那一天我笑嘻嘻的，因为我觉得这真是一份有趣的工作。

那些天送过最重、最大的快递，是一块红木砧板，一个中年妇女开箱后很满意，我也很高兴——不用再扛下5楼载回站点了。

那些天拿过最高的工资是3100多元，最低的工资是2100多元；被交警罚了50元，摔倒时留下的黑色瘀青至今还在；赔偿被偷的两件快递700多元；得到过30多个"送得慢"的差评，收获了"态度恶劣""私拆快递""丢失快递"的"光荣称号"。

尽管我没有继续做快递员，但我偶尔也会想念那些穿梭在大街小巷的日子——哪个免费的公厕比较干净，哪个收件人的名字很不符合逻辑，给哪个公司送快递最麻烦。

现在，偶尔在路上遇到快递员，我会假装向他们问路，和他们说说话。如果他们在路边吃饭，我会在他们的身边坐坐。

像陪伴曾经的我一样。

巢穴物件

◎ 黎继新

租来的这个"巢穴"，可以用"家徒四壁"来形容，于是便想要好好努力，往小窝里添上各种物件，把它逐渐经营成家的模样。

想要买很多物件，要衣柜、冰箱、洗衣机、沙发和爱人；要墙上的装饰、地上的小墩子，要花瓶，要花儿；也想要细水长流、精打细算地过日子。

从前做公主觉得很容易，如今做国王，才发觉做国王有多难。

有位像老妈一样操心的闺密来访，看着我摆放一地的碗与乱七八糟的调料，一副恨铁不成钢的样子。帮我买了调料盒后，又提醒我去买个碗柜。想来碗柜可能贵些，否则她可能也帮我买下了。

她的提议让我恍然大悟，买碗柜这件事便上了我的心头。

知道该买个碗柜，却不知道该去哪里买。经过漫长的几个月，机缘巧合下，得知可以网购。

　　网购的组装碗柜到了，我三下五除二组装好，觉得自己像是雌雄同体，好能干。

　　看着凌乱不堪的鞋子，于是又网购了鞋柜。

　　然而女儿小初把鞋柜当成了衣柜，兴奋地把她的衣物、布娃娃放进鞋柜，挡也挡不住。她的衣物却因她的误认瞬间变得整齐划一。而这整齐划一，让她在我的眼里也变得格外可爱，我就更加无法控制自己为巢穴添加各种物件的欲望。

　　我想，小初因鞋柜而变得可爱，那么小初妈会不会因一个衣柜也变得可爱呢？于是又网购了衣柜。

　　买的实木条衣柜一到，我便猴急地拆开包装，动手组装。尽管因感冒稍感不适，我还是兴致勃勃，什么也阻挡不了我装扮巢穴的急切而快乐的心情。

　　这时小初的作业也做得心不在焉，被我呵斥无数次，她还是兴致盎然地偷偷察看。甚至睡觉前，她也磨磨蹭蹭，总趁我不注意，不时地拿起木头小锤，这儿敲敲，那儿敲敲。早起上学时，也小声地偷偷敲两下，以为床上的我听不见，她像只对食物充满了渴望的伺机而动的小鸭子。

　　我不知道，引起她贪欲的，是木头小锤，还是我的衣柜？

　　我一再警告她，自己有了衣柜，不许打我的衣柜的主意。她满口答应，可她的眼神里分明流露出兴奋的"不对劲"。

　　我想象着巢穴慢慢地变成自己喜欢的样子，心里便充满了欢欣和对自己的感激。这些年动荡的岁月里，我从未放弃对一个巢穴的渴望与努力。

想想，洗衣机是必需的，因为上班强度大、时间长，没有时间也没有精力洗衣服；凳子也是必需的。于是，买了洗衣机，买了些不考虑颜色搭配但价格低廉的塑料凳子，买了些坛坛罐罐，但家里还是空荡荡的，是冷的。

于是便时常动一些小心思，像老鼠储粮，飞鸟衔枝。

在楼下发现一张似乎要被房东废弃的旧床架和床垫，我想，它们塞进我的窝里特合适，便打起了它们的主意。

跟房东沟通之后，费了九牛二虎之力，我把它们弄到了四楼，然后又拖到房间里。在我"巧手"的布置下，两个房间睡觉的地方便显出了床的气质来。

我把一些书搬出来，用绳子捆在一起，放在客厅窗户的墙边。书上面放张小小的床上用的电脑小桌子，小桌子上面挤挤挨挨地放些书，放个开水壶盖做的笔筒，笔筒里放了许多笔。如此布置，仿佛这客厅就有了书香气，好像我就是个读书人。

饭桌也是小初的书桌。桌子上放了一个番茄酱瓶子、一个罐头玻璃瓶子，瓶子里放两枝小初捡来的假花，还有我们在外面采回来的野花，简陋的桌子就显得特别好看。

我把夏天喝矿泉水存下来的瓶子用绳子紧紧地捆在一起，外面包一层棉花和布，上面放几张圆形的加棉皮布，便成了一个小墩子。

春天，在窗台上养了几根小葱，几蔸芹菜，鸡蛋壳里放枝小初捡回来的小野花，窗台也好看了。脑子里蓦然跑出来"温风入南牖，织妇怀春意"的句子，心里突然暖意涌动。孩子也极高兴。

虽然不好看，但家里也有了些小生气，大概是因为用了心思。

我想，这世界上会不会有个人，看见我的这些小心思，也突然觉得心里一动，不权衡任何利弊，就义无反顾地爱我，把自己送到我的小窝里来？

每为巢穴完成一个小小的项目，我的心情总是特好，就做点小菜，渴望劫个人来吃饭，他顺便参观下我的房间，然后表扬我，然后被我的内心打动，然后留下来，做我天长地久的爱人。

楼下的租户搬走了，房东太太在搞卫生。下楼的时候我跟房东太太打了个招呼，也"别有用心"地探了个头进去，眼睛一扫，便精准地定位到破旧的豹纹皮沙发。

于是跟房东太太商量，房东太太依然是个好人，像初次见面我要求少点房租时那样爽快地答应了。

大喜，我迫不及待地把沙发搬了上来；又得寸进尺，把那张破茶几也搬了上来。至此，我便不敢再冒进，怕物极必反，会失去许多更重要的东西，比如情意。

立即有了整理小窝搞卫生的冲动。

一遍擦洗与摆弄后，小窝依旧没有什么风格，旧豹纹皮沙发与房间应该不搭，摆放应该也不整齐，但因物件多了，一番拥挤下来，怎么看也温暖了许多。人与人靠近才有温暖，人与物件也是。

每个物件都是有灵魂的，在巢穴里各司其职。

终于不是"家徒四壁"了，小初欢天喜地道："这才是家的样子。"

我拉上窗帘，在破旧沙发上坐一坐，感冒竟然似好了许多。家的某种样子，大概是灵丹妙药。

幸福有 84000 种不同的面貌，

而艾力选择了善良，

更选择了奋斗。

一个和自己死磕的"疯子"

◎ 严小沐

采访艾力之前，我已经追了《奇葩说》三季了。作为一档"寻找最会说话的人"的节目，《奇葩说》很快从许多四平八稳的节目中探出头来，成为这个时代的惊喜。"奇葩"们从世界各地冒出来，叫人眼花缭乱，大量颠覆性的、有趣的信息与观点像机关枪扫射般直击你的心脏。说实话，艾力在这帮"牛鬼蛇神"里显得太"正常"了，他不擅长长袖善舞，甚至有些过于周正、过于文质彬彬了。

可他的特别是值得人回味的。人的体面有很多种，艾力的体面大概源于他的克制。骨子里的憨厚让他极少刻薄，也很少动怒，即使到了剑拔弩张的时候，他还是试图按自己的逻辑讲道理。

采访艾力是个愉快的过程，他太真诚了，很少藏着掖着，你的问题抛过去，他接住，不管是赞扬的还是质疑的，他会给你反馈很多信息，不玩套路。

很多人认识艾力，是从《奇葩说》和《超级演说家》开始的。但这个来自新疆的 27 岁小伙子，成名其实更早，他在几年前就已经拥有一大票粉丝。那时他毕业没两年，已经是新东方 12 位顶级集团讲师之一，还是最年轻的那个，他录制的《酷艾英语》在网上点击量超过 5000 万。对很多人来说，艾力是个传奇，是大家眼里的"人生赢家"：北京大学毕业，高颜值，擅长演讲和主持，还是畅销书作家。

但艾力说，其实自己是个"疯子"，想改变世界。他自嘲这话听上去像"心灵鸡汤"，可了解他的人才真正知道他的"奇葩"，他的轴。

自律让人自由，要跟自己死磕

2017 年的第一天，艾力依旧 6 点之前起床，在 6：04 发出新年的第一条"酷艾晨读"叫醒微博。从 2013 年 1 月开始，艾力组织的早起团已经坚持 4 年了，带领大家学英语，1000 多个清晨，基本没有缺席过。这需要可怕的执行力和意志力。

别人好吃好穿好这花花世界。这些艾力不是不爱，只是想做的事情太多了。密密匝匝的行程，日日与时间赛跑，生生把他逼成了数字控。

2016 年岁末，艾力出版了第二本书《84000 种可能》，与他的第一本书《你一年的 8760 小时》相隔一年半。在写作上,艾力是个新人,却一鸣惊人,给不太景气的传统出版业带去惊喜——《你一年的 8760 小时》出版不到一年,畅销几十万册,艾力在 2015年获得了"第十届中国作家榜年度新锐作家"的称号。

在艾力一年的 8760 个小时里,他确实尝试了很多种可能。

艾力成为"男神",大概是在拥有了六块腹肌之后。这个过程并不容易。在那之前,艾力自嘲"很衰",亦不修边幅,是个180 多斤的胖子,久追"女神"而不得。为什么想要六块腹肌?因为他出镜的机会越来越多,要录制英语脱口秀,上喜欢的演讲节目,到全国各地办讲座,这些都让艾力对外形有了更高的要求。必须减肥,最好还要有腹肌,最好是六块。知易行难,何况艾力是一个没了大盘鸡就感受不到人生乐趣的新疆人。

他自然是有办法的,这是艾力的可贵之处,再麻烦的事,到了他那里,也会有千奇百怪的方法。

他跟微博的粉丝打赌,要在 2013 年 3 月前,用两个月时间练出六块腹肌,如果没完成,就给所有转发这条微博的人每人充100 块话费。这条微博最终被转发了 3900 次。签下了军令状,又不想破产,鬼知道那两个月他经历什么——两个月后,艾力出山,他的高中好友打趣,说他简直像"剁"了 50 斤肉放在家里。

除了减肥,在那一年,艾力还录了 52 期《酷艾英语》节目,做了自己的 App,编了 5 本跟英语学习有关的工具书。因为事情多,艾力不得不进行时间管理,于是独创了"34 枚金币时间管理法":把从早上 7 点到晚上 12 点这 17 个小时规划成"34 枚金币",睡前回忆金币是怎么花的，并用不同的颜色归类，总结当天的收获。据说这种方法现在已经有上万人在使用。

之后上《我是演说家》和让他大火的《奇葩说》，艾力渐渐走到更多人面前，成了一个走在路上会被人拦下要签名的人。

把自己放在聚光灯下是有风险的。人们崇拜偶像，也解构偶像，缺点一旦被几何倍级放大，任何瑕疵都有可能成为压倒骆驼的最后一根稻草。

艾力比同龄人成熟，也更稳重，虽然也会在节目中插科打诨，但你能明显感觉到他志不在此。他始终是周正的、憨厚的，没有太多攻击性。用时髦的话说，他是一个暖男。

这种稳重大概源于他惊人的自律。所有特别自律的人都能吃苦，有恒心，有毅力，有一股人所不及的狠劲儿，这样才能从茫茫人海里跳出来，成为闪闪发亮的星星。日本著名的设计师山本耀司说："我从来不相信什么懒洋洋的自由，我向往的自由是通过勤奋和努力实现的更广阔的人生，那样的自由才是珍贵的、有价值的……做一个自由又自律的人，靠势必实现的决心认真地活着。"

这类人享受自律以及自律带给他们的自由和安全感。这种自由看似被更多的事情裹挟着，但这是一些人与世界和谐相处的方式。

艾力第二本书的发布会是在艾力的母校北京大学举行的，他的老板兼恩师俞敏洪坐镇，台下座无虚席，来自外语系的学弟学妹还有慕名而来的人把报告厅围得水泄不通。艾力坐在舞台正中央，谈笑风生。

俞敏洪点评他："艾力让当下奋斗中的年轻人看到了一种真实，一种通过个人奋斗能成功的真实，他追求的是阳光下干净清白的成功。一个人即使没有任何背景，靠着日复一日的坚持和努力，也能在一个领域做到极致。世界需要实干家，天赋和踏实是这个时代的稀缺资源，他身上都有。"

他不是一个没有故事的男同学

22岁之前，艾力基本上没有吃过太大的苦头。如果说有，顶多是高考前狠狠逼了自己一把。艾力在高中的成绩只算中上，自从高三把北京大学作为目标，他每天只睡四五个小时。凭着这股狠劲儿，艾力完成了人生的第一次逆袭。

大学四年顺风顺水，中途艾力从计算机专业转到了热爱的英语专业，也曾挂过科，逃过课。作为《魔兽世界》的忠实粉丝，北京大学西门的小网吧也曾见证他日日夜夜疯狂迷惘的青春。

如果日子一直这样往前飞驰，出了校园他照样可以轻松地做一个体面有趣的人。艾力从高空被一把拽下来的时候很突然，甚至来不及思考。生猛的现实，飞扑到他面前。

2011年夏天，还有十来天，艾力就要毕业了，他心里盘算着要把爸妈请来参加自己的毕业典礼。因为入学时，要强的他坚持自己单独去学校——一个人从乌鲁木齐坐了 74 个小时的硬座到北京，下火车的时候瘦了 3 公斤。

"我总幻想着，在毕业典礼的时候，让我爸妈看一看，他们的儿子在全国最优秀的大学之一结束了学业。"可惜，这成了艾力无法实现的梦。

2011 年 6 月 15 日，艾力的父亲阿不力孜·赛丁下乡挂职，在为乡民安装太阳能路灯时突然被车辆撞倒，因公殉职。那一年，他 50 岁。在这之前，他原本的计划是在接下来的一周陪女儿参加中考；再过十多天，就可以去北京亲眼见证儿子毕业。

你永远都不知道明天和意外哪一个先到来。有些时候，我们总觉得自己的生命是无限长的。接到消息，艾力立马放弃毕业典礼，匆匆赶回乌鲁木齐。在回家的飞机上，他哭了一路。艾力说，那是他最后一次哭了，从那以后，他再也流不出一滴眼泪。

父亲是天，是一家人的支柱。他走了，一个家天崩地裂。艾力枯坐在自己的小屋里，从天黑到天亮。母亲因巨大的打击深度抑郁，痛哭不止，瘦了一大圈。

生活一团乱麻，甚至来不及悲伤，22 岁的艾力便要考虑怎样照顾好母亲和妹妹。没人可以分担，只能自己扛起。为了母亲的医药费、妹妹的学费，艾力一头扎入尚无起色的事业。毕业像个分水岭，瞬息万变，前一晚还在燕园无忧无虑地享受荣耀，后一夜在偌大的北京连个落脚的地方都没有。连续五次租房被拒，艾力深夜坐在中关村的马路牙子上，看万家灯火。

那些困难，需要艾力级级通关，真枪实弹，避无可避。每一天都是难熬的，每一天都是劫后余生。原来，人是可以在一夜之间成熟的。就像你无法阻止一辆远去的列车，笛声轰鸣，车轮飞速旋转，已无回头路，那就往前飞驰吧。

自此，艾力脱胎换骨，独自忍下所有的痛，很少再提起。从那之后，艾力也格外珍惜时间，对自己狠起来。知乎上有人如此说："说起比惨，艾力其实比任何人都更有资格讲故事，但他就是不肯，讲得点到即止。和马薇薇一样，在从高手成为绝世高手的道路上，他们的对手只有自己。"

我就是那个"疯子"，我想改变世界

其实艾力的"傻"很多人都知道。蔡康永、高晓松、马东这几个颇有阅历的睿智老男人，大概一眼就看明白了艾力的"奇葩"：他竟然真的想改变这个世界！

在马东眼里，艾力是那个每天不断推着石头上山的人，他甚至不愿意用"傻傻地坚持"来形容艾力的执着。没有人可以嘲笑别人的梦想，艾力只是坚持做对的事，不计得失，不问收获。

办早起团、免费做英语脱口秀节目、自费给读者寄书、创办时间管理法、做慈善……但他自己录节目时，还背着大学时代200块买的双肩包。

时代更迭，像暴风骤雨来临前的海面，潮起潮落，无数人出头，趁这风浪来临，快速抢占好位置把自己"变现"，再去争抢着做下一个弄潮儿。聪明地活与笨拙地坚守，很明显，艾力更倾向于后者。他不是淡泊名利的人，只是有一套自己的世界观。他笃定内心的法则，这在同龄人中非常少见。他直言，这辈子有点儿贪心，不想只做一个精致的利己主义者，也想利他，像他父亲那样。

"在父亲出事前，我做所有的事情都是为了自己：考北京大学，是为了自己；找好工作赚钱，是为了自己。父亲的葬礼是在老家喀什办的，我记得当时葬礼上来了很多不认识的人，一问才知道，父亲生前帮助过他们。可能我父亲确实走得比较早，但他一直活在这些人的心里。我当时就想，如果我一直这样为自己活下去，我也可以活得很开心。但到最后，大家想起我唯一的成就就是考上了北京大学，牛，然后就没了。我的校友，包括很多哥们儿也都有这样的困惑。我们的生命到底什么时候能变得有意义？就是可以为别人多做一点儿事情的时候。在我心里，父亲不仅拯救了世界，也拯救了我。"

父亲，这大概是艾力所有力量的源头，是他蜕变的重要契机，也是一个让他飞驰起来的秘密。

可想要改变世界，谈何容易？连大声说出来都是极难的。马东说："被误解是表达者的宿命。"不了解的人，以为他是行走的"心灵鸡汤"；看不穿的人，以为这小子疯了。年轻人生在这个时代，是幸运的，也是不幸的。物质的极大丰富让他们的求学生涯未受磨难，但一毕业就被抛向社会，来不及追梦，就被生活的重担压得喘不过气来，怎么改变世界？

不过艾力没有太多时间面对质疑，就已经热火朝天地投入新生活。"其实你不必在乎别人说什么，因为你才是那个听到命运召唤的人。"之后艾力结合自己的语言特长，四处作演讲，出书分享经验。有人开玩笑说，艾力的风格是传销式的，通过密集地打鸡血，让你马不停蹄地行动。但他不只是喊口号，他本人也是他所发起的活动的践行者。强大的自律、靠谱的方法论、惊人的执行力，艾力的成功有迹可循。

如果说有的人改变世界是革命式的，轰轰烈烈，那么艾力式的改变世界则是润物细无声的。安于耿直温暖的"直男"人设，乐于成为芸芸"奇葩"中一个"梗"，或许连艾力自己都不知道，他改变世界的梦想正在悄悄实现。

他的好友大冰说："幸福有 84000 种不同的面貌，而艾力选择了善良，更选择了奋斗。"

没有人是完美的，"什么样的人都结识过，什么样的活动也都见识过"的斗士艾力，坦承自己曾经的不自信和脆弱："遇到大事，我也会紧张，去卫生间待一会儿，甚至会吐。但我们可以不断精进，时刻准备好迎接命运的挑战。有一天，你会抵达自己的光明之地。"

在你成为自己想要的样子之前，

有很多不好听的话要听，有很多不喜欢的事要做，

要跟很多不认可你的人打交道，

有很多你以为是禁区的地域要穿越。

不忘初心归去 /

我们能做的只有咬牙坚持

◎ 苏 辛

一

三月底的郑州，悬铃木的叶子嫩得要滴出水来。我打开窗户，坐在桌前为稿子做校对。客房的服务员进来整理床铺，抖开床单时，我的鼻子一阵奇痒，打了一连串喷嚏。

虽然是责编，但在读完全稿之前，我对苏末并不十分了解。我知道她的第一本书卖得很好，也知道她发的每一篇日记几乎都会登上豆瓣首页，还知道她的第二本书尚未出版，已经有许多学校邀她去做演讲。我们见过面，她的黑发浓密柔顺，皮肤晶莹光洁，气质温婉安静，看起来不像吃过苦，神情中又有一种不动声色的倔强。

而她的内心，究竟是怎样的？

二

苏末是家里的老二，自幼被寄养在舅舅家，18 岁后才回到自己家里生活。她与父母有过一段漫长的疏离与互不理解的时期。为了让父亲满意，她追逐"更有出息"的姐姐的脚步，大学读了会计，毕业后去湖南工作，做了一年多出纳，之后回到山东，考了事业编制，被计生局分配到街道社区，做计生专职主任。两年半以后，她辞掉了这份稳定的公务员工作，拿着攒下的钱去北京，想要做编辑或自由撰稿人。一开始，她为一个小图书工作室做撰稿编辑，后来忍不住开始自己策划选题，自己写稿子，然后，就有了第一本书，又有了我面前的这沓稿子。

她的履历看起来并不复杂，却有着当事人才能体味的酸涩苦甘。就像我们看到路人笑得单纯，就以为他们过得幸福，却往往会忘记，每个人都有埋藏起来的故事。

想要亲近父母，却又对他们曾经的"放养"心有不甘；想要让父母满意，却又想要追逐自己的梦想；初入社会的第一份工作做得战战兢兢，稍有差错就觉得天要崩塌，看起来很小的事，也要为之付出巨大的代价；靠近梦想时心花怒放，甚至完全意识不到，自己仅仅是公司最廉价的劳动力……

在湖南做出纳时，因为上游部门的失误，苏末将一笔已付款当成了未付款，重复付给了合作方。苏末处理此事的方式，令我会心一笑：她辞职了。即使老总跟她说，这事儿并不全怪她，她应该留下。

这种看似悲壮实则有点儿幼稚的处事方式，大概所有责任心爆棚却又十分脆弱的职场新人都会这么做吧，比如当年的我。

那时，我们对错误的严重性没有准确的评估，又对想要做得十全十美却偏偏搞砸了的自己怀有巨大的失望，于是，只能赌气辞职。赌气的对象，还是自己。这些现在看来可以轻松跨过去的情绪，当年却像一座大山，不由分说就压下来，压在我们还来不及长硬实的腰板上。

三

大学毕业的第一天，我就知道，我惨了。

我，一个文科生，读了计算机系的网络技术专业，毕业后除了会做水晶头，其他全都不会。因为腿脚不好，我不能去做销售等任何需要形象和口才的工作。何况，我一直想做的，只有文字类工作。

幸运的是，路只有一条，不用再去选择；痛苦的是，这条路，在哪儿呢？不论怎么看，都不像是在郑州。

毕业后的大半年时间，我只上了20多天班。这20多天里，我做的是网站编辑加美工，月薪500元，工作内容是搜罗同类网站信息复制粘贴，并设计网站logo。因为某天临时请假，第二天我就被老板炒了鱿鱼。

之后的一段时间，我借住过同学家的客厅，租住过城中村月租 80 元的房子，后来又寄居在另一个同学那里。

没有工作，自然也就没有钱。那年我不断地借钱，每次借得不多，总觉得，也许下个月就赚钱了呢。实在没有钱花的时候，就苦撑。有那么三天，我一共只花了5毛钱——每天就用残存的一点儿面粉和成面糊，摊几个煎饼果腹。

第二年，同学介绍我到她的公司接着去做网站编辑，只做了一个月，老板要安排朋友的妹妹上班，就解雇了我。失业一个多月后，我转行做了农药化肥广告公司的文案。我写的文案过不了，便主动辞职换公司。后来，我回老家，在弟弟开的饭店做收银员，经营半年，饭店赔本关门。再回到郑州，找到一个文案策划的工作，三个月后，因公司转型，我又被解雇。换工作到省摄影家协会做内刊编辑，这次安稳地工作了两年，却仍然是穷，饿不死也吃不饱，直到两年后，编辑部解散。我终于咬咬牙，离开郑州，去北京。

花了半个月时间，我以极低廉的工资进入一家出版公司工作，当时，我真的觉得全世界的快乐都在我心中爆开了。然而，蜜月期过去，残酷的磨炼期到来。我是不适合公司的路子的，但我并不知道，只是逐渐发现自己永远在公司的主流之外，升职加薪都十分缓慢。眼见同期的同事都纷纷升职做了部门主任，而我还是责任编辑，同公司的好友说："公司可能考虑到你身体的原因，不适合抛头露面，所以不想提拔你。"在郑州时，我最想知道的是路在哪里，这时候，我最想知道的是，我到底适不适合这条路。在才华被事实验证之前，自信更像是自负和赌气的变种。

世界不会承认那种引而不发的才华，它想要的只是结果。而在结果，哪怕只是阶段性的结果到来之前，世界一片黑暗，兼有大雾弥漫。

幸运的是，苏末和我，都咬着牙，把这段最黑暗的时光挺过去了。

四

"咬牙坚持"这种体验，想要做成一点儿什么事的人大概都感受过吧？那感觉，就像体能测试时，你只能做 20 个仰卧起坐，却偏偏要做 25 个。从第 21 个起，你就肌肉痉挛，满头细汗，动作缓慢，分分钟想瘫倒在地——在哪里倒下，就在哪里躺着。可是你不能，只能撕扯筋肉，再来一个，再来一个……这时候，每一秒都过得十分缓慢，可以清楚地划分成 360 个等份——直到，你完成了它！

你完成了它，咬得牙都碎了，你甚至都不相信自己真的完成了它。

历经磨炼之后，苏末自己写的书获得了很好的反响。作为一个几乎没有影响力的新人作者，她的第一本书不声不响地卖了小 10 万册；而她所有新写的文章，只要发表在网络平台上，都会第一时间登上首页和热门精选；不少拥有巨量粉丝的微信公众号也多次转发她的文章，点击量都在10万次以上；她与自己父母的关系早已缓和并越来越融洽——有时候爱的表达方式很别扭，不代表爱的质地有瑕；她有了一个温馨的家庭，先生对她的爱不只有简单的宠溺，更无条件地支持她的梦想；更重要的是，她找到了适合自己的写作题材和风格，在这条路上，她沉静地潜下去，持续打磨着新的作品。

而我离开第一家公司之后，跳槽又跳槽，终于慢慢找到了属于自己的表达方式，终于有信心把握产品，甚至能做一点儿简单的管理工作了。对我来说，沉溺于工作就像深潜于大海，而当我从海水中探出头来，世界又有了新的模样。

所以，在你成为自己想要的样子之前，有很多不好听的话要听，有很多不喜欢的事要做，要跟很多不认可你的人打交道，有很多你以为是禁区的地域要穿越，甚至，在那之后也是一样。世界对待你的方式并没有改变，只是你已经不同了。

你已经可以用属于自己的方式，与世界有时跳舞，有时作战。

年轻人，下了班一定要瞎折腾

◎ 伊 心

一

最近看了一部电影《朱莉与茱莉亚》，讲的是两个女人和美食的故事。但它显然不仅仅关于女人和美食，还涉及生活、爱和期待。

茱莉亚的故事发生在20世纪40年代。来自美国的她跟随自己的外交官丈夫去了法国，不喜欢无所事事的生活，于是热爱烹饪的她在巴黎重新上了烹饪学校。

她从煮鸡蛋、削土豆、切洋葱学起，在烹饪学校里和一群男厨师PK，坚决不输给任何人。

靠烹饪，她重拾对生活的热爱，在异域他乡，在她近40岁的年龄。

她的食谱变成了《掌握法式烹饪艺术》这本书，沉甸甸的，全是她的过去。

朱莉的故事则发生在20世纪90年代，她是个年轻的美国姑娘，一个郁郁不得志的小白领，每天的工作是接听投诉电话，生活被垃圾一样的留言甚至咒骂填满，却无处可逃。

她和丈夫住在纽约皇后区一处狭窄、陈旧的公寓里，她日复一日穿越地铁里拥挤的人群，满目厌倦，和城市里无数的年轻人一样。

终于有一天，她决定要改变。

于是她开通了一个烹饪博客。每天下班后，她照着茱莉亚的食谱《掌握法式烹饪艺术》做一顿饭，然后记录在她的博客里。

365天，524个食谱。

她描述黄油在烹饪中的绝妙用处，讲解处理蘑菇的小诀窍。在糟糕的工作之后，做个美味的荷包蛋犒赏自己。

就这样，她越写越开怀。深夜，她抱着新鲜的食材满怀希望地看向流光溢彩的城市，用欢快的语调讲述生活中的一切，她再也不是那个地铁里表情怏怏的姑娘了。

二

人人都说，下班后的8个小时决定我们的人生。

可是，细细数来，我们下班后的生活，数不出充沛的、美好的、专心致志的8个小时，只剩下了"看剧、玩手机、买买买、网聊……"

我们抱怨生活的无趣，却忘记了如何去创造有趣的生活；我们吐槽人生的艰难，却忘记了如何去体会人生的幸福。

因为一根网线，我们越来越接近这个世界上的新闻，却越来越远离真正的自己。我们看过了世界上随时上演的生离和死别，却还是没学会该怎么拥抱深爱之人，该怎么打扫好眼下的一片狼藉。

这就是今天的我们。

我们是如何将生活过成了一潭死水，还抱怨世界没给我们最想要的那种波澜壮阔？

三

很惭愧地说，现在的我也是如此，全然忘记了以前那个爱折腾的自己，全然忘记了我曾如何努力地将生活过得有趣。

如今，我回忆我的青春，最感激的不是自己拼命去考的高分，更不是拼命去争取的工作业绩，而是学习之外、下班之后干的那些"瞎折腾"的事。

我做过的好多事都是无用的小事，但是谁也不知道，那些无用的小事在我的生命里究竟种下了什么样的种子。

我读过很多无用的书，那些书与我的升学、求职似乎全然无关，可是多年之后，我总是不经意间想起书里集结的那些饱含智慧的句子，它们不知多少次治愈过孤独的我。

我写过很多无用的文章，那些文章不是学术论文，更不是项目报告。后来它们中的一部分变成了一本书，记录下了我闪耀过、黯淡过却从未迷失过的青春；另一部分尽管仅仅躺在我的电脑硬盘里，或者上了锁的日记本中，但仍然是我通往回忆的站台，打开记忆大门的钥匙。

如今，我真想重新找回那个爱折腾的自己，去做一切无用的小事，去结交一切好玩的人，去用石块激起波澜，用微光照亮黑暗。

我终于懂得，是有趣的人造就丰盛的生活，而不能依赖生活来造就我。

那部影片看到最后，我才知道，它是两个充满奇迹的真实故事。茱莉亚的食谱《掌握法式烹饪艺术》被不断加印，后来，人们称她为"厨神"。她和丈夫都活到了90多岁，一生如星河般灿烂夺目。

她还写了《我的法兰西岁月》，记录巴黎的一切以及她挚爱的生活，她被《纽约时报》评价为"本杰明·富兰克林以来美国'出口'到法国最棒的人才"。

而朱莉呢？朱莉和爱人搬离了那间狭窄破旧的公寓，还写了《朱莉与茱莉亚》。随后，这本书变成了一部如此美好的电影，让无数沉醉厨房、热爱美食的人难忘。

那些下班后瞎折腾的时光，最重要的不是为她们创造了事业上的第二个春天，甚至不是让她们功成名就，而是让她们重新拥抱了爱人和美好又温柔的生活。

就像朱莉，她为朋友们的聚会准备了一桌丰盛的美食。她举起斟满红葡萄酒的杯子，望向她深爱的男人，眼底是流淌的波光，嘴角是盈盈的笑意。

她说："你是我面包上的黄油，我生命里不可或缺的呼吸。"而这句话，来自茱莉亚的丈夫。他亦曾这般告白，对着他挚爱的妻子。

四

谁会不为之感动呢？

那些无用的小事，那些下班后瞎折腾的时光，都是我们面包上的黄油和生命里不可或缺的呼吸。

我们不是朱莉，也不是茱莉亚，但我知道我们都能找到面包上的黄油、生活里的呼吸，这才是疲惫生活中的英雄梦想、庞大城市里的不朽荣光。

梦想和荣光，都属于爱折腾的你。

我不知道人生的路还有多长，

只知道

我的梦想还很遥远。

不忘初心归去 /

杀不死你的，只会让你更强大

◎ 罗罔极

2016 年 1 月，罗罔极在"知乎"网站上回答网友提问"六小龄童演的孙悟空真的好吗"，获得 4 万人点赞。

很少有人知道，这个 20 岁的小伙子患有先天性进行性肌营养不良，一开始是不能走路，后来只有手和头可以缓慢移动。

当网友在"知乎"网站上提问："因为残疾只能待在家里时，该怎么办？"罗罔极用自己的经历给出答案——杀不死我的，只会使我更强大。

我从出生起就患有先天性进行性肌营养不良，一开始是不能走路，随后病情不断恶化。四五岁时我还能翻书，捧着一本《安徒生童话》反复地读，那是我读过的第一本纸质书，也是最后一本。

七八岁时家里买了第一台电脑，从此电脑几乎成了我生活的全部。

由于学历是幼儿园肄业，很多人问我是怎么识字并学会用拼音打字的。其实我是在看电视时对比声音与字幕识字，然后自己摸索着打字。经常有人觉得我在胡扯，但其实真的不难，尤其是对一个天资聪颖的少年来讲。

多年来，我打过很多网游，手玩成了鼠标手，身体还变得扭曲畸形。

现在我连坐在轮椅上都极其困难（因为畸形），只有手和头可以缓慢移动，挪动一点儿都非常累。但既然自己能做的事很少，即便只是打游戏，也应该要做到最好。

我生命中为数不多的幸运，就是家里的经济条件还不错，不会让我因为物质欠缺而活不下去。我曾在母亲的老家见过一个患有小儿麻痹症的男孩，他的情况其实还好，能拄着拐杖站立。可惜，他们家太穷，穷到连一架轮椅都买不起。而他活着唯一能做的，就是吃饭。后来他趁家里人外出，喝下了农药。

你还觉得自己惨吗？不，能衣食无忧地活在这世上，我们已经十分幸运。

电影《我在伊朗长大》中有一句台词说得特别好——"只有当灾难还能承受时，我们才会自怨自艾，一旦超越了这个限度，忍受无法忍受的痛苦的唯一方法，就是一笑置之。"对于我们这样的人，痛苦又能算得了什么？

痛苦是什么？痛苦本身什么都不是，它并不能杀死你，而所有不能杀死你的，只会让你变得更强大。

我不想说教，因为再过几个月我才满20周岁，但我想给你提点儿实际的建议：你不要急于寻找自己存在的意义，而是要寻找自己的兴趣，让自己快乐起来，不要怨天尤人。因为只有你快乐，你的家人才能幸福，而这快乐和幸福本身就有巨大的意义。

喜欢打"英雄联盟"，那就提升实力去当代练，参加比赛；喜欢音乐，就看书和视频学乐理、学作词作曲；喜欢看书，就尝试写作；喜欢看电影，就学编剧。这些，都是你通过努力就能做到的事。

无论你选择以上哪个作为职业，我都要劝你，一定要多读书，因为人并不是一生下来就拥有智慧的，胡思乱想毫无意义。

2014 年 6 月，我买了部电子书，用懒人支架把它固定在床头，躺着看书。

我如饥似渴地读了 100 多本书，其中不乏上百万字的大部头，我也因此找到了自己喜欢并能做的事，就是写作。

写作不但能带来收益，还能让我感到快乐和满足，所以做一名伟大的作家成了我的梦想。

2015 年 8 月，我开始练习写作，并写出第一篇短篇小说投给某征文大赛。9 月，收到落选通知。10 月，我反复修改小说，又投给杂志。2015 年的最后一天，小说被刊用，我赚到了人生中的第一笔稿费，500 元。

2016 年 1 月，我在"知乎"网站上回答"六小龄童演的孙悟空真的好吗"这个问题，获得 4 万个赞同，并成为某公众号的常驻撰稿人。

我不知道人生的路还有多长，只知道我的梦想还很遥远。未来我还要出一本书，因为它能代替我在世间走得更远，活得更长。

多少闺密终成战友

◎ 严小沐

一

上周赵小姐过生日，前一晚发来照片，她搂着男友送的礼物，眉眼里皆是甜蜜。

来北京好几年了，认识赵小姐也已超过五年。转眼我们都要奔三，还可以在这座城市继续划行友谊的小船，真是开心。回忆前几年她的某个生日，气氛凄惨，我们抱头痛哭，以为从此将天各一方。

那阵子，赵小姐爸妈从烟台赶来，住在她新租的房子里，足足一周，反复劝说她离京。

"你看你一个人在这儿，过的这叫什么日子？"赵妈妈指着蓬头垢面的赵小姐说。

"我看中了一套150平方米的房子，在咱们那儿最好的位置，只要你回去，我马上买。"赵爸爸扔出糖衣炮弹。

"我都托人把工作给你找好了，电视台记者。"继续发射糖衣炮弹。

"对了，回去爸再给你买辆车。"糖衣炮弹还真多。

赵小姐差点儿动心。生日那天，吹完蜡烛，她的眼泪掉了下来。

在我看来，赵小姐是坚强的，或者说是对外界有不同于常人的钝感力。平日里，她自带一股莫名的强大气息，仿佛万物连同八卦都不能近其身。她保留着自己对这个世界的看法，仅在五脏六腑内交流。那次哭得悲戚，真是百年难遇，想必生活确实到了让她难以驾驭的地步。

"我根本不想回去，我还有好多想法没有实现。"

是啊，这些年的努力、青春、情爱、汗水与泪水都似粒粒珍珠，怎么能说扔就扔？

人与人的相遇充满隐喻，我们从不同的方向汇集到某一个点，然后再各奔前程。

这些年，我和赵小姐是闺密，更是战友。

二

我和赵小姐成为战友，有多方面的原因。

当时我们都刚进入一家颇为严格的出版社,出版社的书多,效益不错,每天马不停蹄。初入社,作为新人,我们都想全力证明自己能独当一面。那几年我们兢兢业业,很多个周末都奔波在不同的城市,忙新书发布会、签售会、作家见面会。像许多初来北京的年轻人一样,我们努力抓住能让自己安身立命的东西,奋力开疆拓土。

这个安身立命的东西,便是工作。

人和人之间的信任哪儿会凭空而来?一定是在共同经历了某些事情之后,彼此才会有那种"你办事我放心"的默契。

我们的默契是从某位知名演员的新书上市开始,逐渐磨合产生的。那时她负责策划,我负责市场,中午我们两个人在会议室啃着饭团讨论方案,夜里想到好点子会随时打电话沟通,连在公司组织去乌镇旅行的高铁上,其他伙伴谈笑风生,我们还在讨论营销方案。

新书发布会是在北京电视台举办的,邀请了嘉宾、媒体记者、观众上百人,我们拿着十多页的 Excel 表格逐一落实细节,大到与电视台的商务谈判,小到几点几分谁负责接待某位嘉宾。这是一场需要"武装到牙齿"的落地活动,它成了我和赵小姐检验对方是否靠谱的重要事件。

项目结束,我和赵小姐的革命友谊打下了坚实的基础。

因这份信任,我们开始由工作上的交集,逐渐渗透到彼此的生活中。

后来我们的遭遇类似,工作稳定后,先后与各自的男友分手。

那时我们刚过本命年，丝毫不觉得去日苦多。现在回忆起来，一方面有无知者无畏的混沌，更多的大概是因为一直在往前跑，所以并不惧怕年华流逝。

是好友，也是并肩作战的战友，对于我们之间的关系，我更喜欢这种成人化的表达。比起那些踮起脚尖去够月亮的温暖，这种革命般的情谊显得中性且深厚。除了衣服、男人、包包，我们还可以在对方没有力量的时候鼓鼓劲儿，加加油，提供一点儿建设性的意见。我渐渐明白，原来女人之间的友谊也可以强壮而开阔。

三

后来，赵小姐没有离开北京。

她有两个愿望：第一，出版自己最喜欢的作家的书，完成这个梦想她用了六年时间；第二，投身她热爱的影视行业。

她大概是我见过的最痴迷电影、电视剧的人。

港台剧、日剧、韩剧、泰剧、美剧、英剧，甚至连经不起推敲的国产剧，她都爱；如果网剧凌晨3：00更新，她会提前定好2：59的闹钟，起来下载好剧集以便第二天在路上看；她买过很多个移动硬盘，分门别类，专门用来存经典老剧，温故而知新；一部好电影，肯定要去电影院看不止一遍……真是一朵"奇葩"！

我们一起看剧，我指着女主角说这件衣服不错，那个胸针挺美；她说，这个故事架构不行，那条线索有点儿弱，还需再着墨。我们去看电影，我对扑面而来的 3D 效果啧啧称赞；她说："请注意，第 45 分钟一定会出现反转，这是电影的黄金定律。"

她近乎疯狂地痴迷和研究，终于被伯乐发现。

两年前，她从出版业快乐地跳槽到红火的影视业，我当然是开心的，毕竟最新上映的大片我可以随便看了。

她说："小沐，这两年我要蛰伏，一切归零。我要报一个编剧班，好好学习写故事。今年我还要进一次剧组，完完整整地跟一次电影拍摄……"虽然再谈论工作时，我们的交集变少了，但她奔跑起来的样子，真动人啊。

我看到她在一个全新的领域畅快驰骋，去经历、锻造、累积养分，终于可以理直气壮地拒绝爸爸的糖衣炮弹。我明白，其实我们并不期待烈火烹油、鲜花着锦，只是，有些路是自己的，别人不能替代。

这时候觉得，时间真是个好东西，它把过去我们所经历的委屈、不甘，慢慢抚平，直到变成一道疤，结成一个痂，却也未曾让我们失望。当我们在某个领域投入超过 5000 个小时，并打算继续投入到 10000 个小时，一切事情都在发生奇妙的变化。这场友谊，也历久弥新。

就像《傲骨贤妻》里，女主角 Alicia 从一地鸡毛中踉跄走来，教会我们坚韧、被打倒后再体面地站起来。这样的角色总会给女性观众以鼓励。青春可贵，美貌难得，然而生命的盛宴还在后头，值得我们更加意气风发地走下去。

人与人之间其实没有任何可比性，

我们只是一粒微小的尘埃，

以自己的轨迹跳舞。

不忘初心归去 /

当你卑微，就能快乐

◎ 艾小羊

掐指一算，我与童言相识已经超过 10 年。

10 年前的她，身形略微发胖，眼睛不大，下巴也不尖，不过头发乌黑，皮肤白里透红。

她无视自己的好皮肤，天天盯着一身赘肉，给自己取了个网名叫童小胖，每天都在抱怨自己为什么那么胖。她尝试过很多办法，跳操、节食、针灸，都没有达到理想的体重，即便达到了也是昙花一现。有一种人新陈代谢慢，"喝凉水都胖"，我估计她就是这样的体质。

童言还总觉得自己处理不好人际关系，说话容易得罪人，尤其在饭局中不知道说什么好，另外她觉得自己不太会讨好男人，男朋友没那么爱她。每次我们聊天，她都会像个小学生一样，请教自己的各种人生困惑。

有一次我给她打电话，她说头一天晕倒了，看来瘦身不能靠节食。我说："你根本不胖啊，别折腾了。"她幽怨地说："那也只是不算太胖吧，胖还是胖的。"

后来有一段时间，我们联系比较少，在那段时间里，她换了工作，又失恋，我以为她从此会垮掉了。

后来看到她的博客、微博，里面有她看的书、交往的朋友。她新换的工作是财经记者，采访了许多商界大佬，也为此恶补了很多文学之外的书籍。她变得很忙，除了本职工作，还参加了一个成人油画班，每个星期画一幅小画，起初是涂鸦，慢慢地越画越像，至少在我们这些外行人看来，那是一幅画了。

因为不在一个城市，我只能通过旁观以及偶尔的聊天感受她的变化。

2011 年，我宣传自己的新书，去了她所在的城市，她来酒店陪我住。洗完澡吹头发的时候，她边吹边大声唱歌，声音十分动听。

我倚靠在床上，忽然感动不已，正如一个人悲惨的状态会打击他人对生活的信心，而美好的状态也会让我们对生活生出无比眷恋之意。

她的身材没有什么变化，有些人就是无论多么努力也无法瘦成一道闪电，何况她已经不那么努力了——她彻底放弃了节食与针灸，只是坚持每周跑步三次，让身体健康、身材紧实。然而她变得特别会穿衣服，恶补了许多时装方面的专业知识，告诉我如何找到自己的穿衣风格，如何搭配，如何扬长避短。出去游玩照相，她还告诉我许多在照片中显得又美又有气质的小秘诀，皆是一试之下，效果立现。她俨然成了一本生活百科全书，变得特别可爱，大约也因了可爱，而越发美丽。

此后，我们经常联系。她一直单身，一直微胖，但我没有感觉到她的生活有什么缺憾。

有一次，她采访了喜欢的一位女企业家之后，兴奋地打电话给我，说："我喜欢她的谦卑与教养，一看就知道是真正见过世面的人，不会沉迷在自己的那些小成就或者小忧伤中。"

这句话，我觉得也是说她自己。

无论在任何城市见面，她最喜欢与我一起去的地方是美术馆、书店、图书馆，每当看到好书与好画，她就如孩童般惊叹："太牛了啊，人类！"

我们自然也会谈到感情问题，过去她为之焦虑，求而不得，如今却显得云淡风轻。"行最大的努力，做最坏的打算。"我相信她其实已经做好了一个人过的准备。然而单身又如何呢？正如她所言，美好的情感固然值得欣赏与敬畏，然而它不是我们寻找快乐的唯一途径。

这次的交谈，给我一种醍醐灌顶的感觉。

后来，又见了几次面，每一次都觉得她变得更加美丽。

女人过了一定年龄，漂亮就是一个过去式的词语了，然而豁达的心胸与信手拈来的自信、让周围的人感觉舒服的气场，以及得体的装扮，组成了一个人的美丽。

　　童言的确在努力活得漂亮，她每天的日程表都排得很满，然
而又并没有用力过猛，觉得自己一定配得上更好的人、更好的生活，
一定要达到怎样的成功。

　　有一年，她去了新疆，兴奋地打电话告诉我，她正在天山的
草场，人生的理想是变成那里的一朵野花。后来她多次进疆。她
喜欢站在广阔的大地上，感受自身渺小的感觉，那与站在都市的
街道中，看光怪陆离的人群不同，你不必在意谁穿得比你好，谁
的身材比你曼妙，你能想到的只是，天地如此广阔，烦恼不值一提，
甚至连美好与欢乐都不值一提。

　　以她为范本，我无数次反观身边那些人生道路越走越窄的人，
发现他们最大的问题是活得不够卑微，并且随着年龄渐长，容貌
渐失，越发想要抓住些什么，以显示自己这辈子并没有白活，这
种急功近利却又不得利的状态，损毁了他们的心性，也影响了面容。

　　当一个人眼里只有自己，世界就欠了他们许多，世界粗心大
意，哪会将每一个人都照顾得妥帖滋润。童言的人生道路越走越宽，
因为她站在了一个更为广阔的舞台上，在那个舞台上，没有绝对
的主角，也没有绝对的配角，每个人只是待在自己应该待的位置上：
如果你是游客，就看风景；如果你是小贩，就努力赚钱；如果你
是导游，就快乐忙碌；如果你是过客，请快步赶路。

　　人与人之间其实没有任何可比性，我们只是一粒微小的尘埃，
以自己的轨迹跳舞。

你就是那棵花树

◎ 艾小羊

去年平安夜，我在北京。许许带我去著名的娱乐胜地五道口。那里有一间酒吧，常年人满为患，我们进去的时候，侧着身子在人流中穿行，许许机灵地发现有一桌人站起来穿衣服，她迅速坐下，然后我们幸灾乐祸地看着后面不断涌入的人只能站在门口等位置。

有一个问题我一直想不明白，像许许这么爱玩的女孩，怎么能成为女博士？

我跟许许是在杂志社工作时的同事，前后脚离职，我选择自由写作，她考上了我母校的研究生。毕业以后，她去高校当老师，一路在通往"灭绝师太"的路上策马狂奔。读研究生的最后一年，她忙中偷闲怀了个孕，毕业后，挺着孕肚去上班。每天下课的时候，学生们站起来说的不是"老师再见"，而是"老师加油"。

在北京进修的时候，她考了驾照，四个科目都是一次过。后来我考驾照时，教练有严重的性别歧视，而网络上所有匪夷所思的交通违规，必定被冠以女司机之名，幸亏有许许这个榜样，让我可以在教练面前挺直腰板走路。

许许是个可以给人安全感的女孩。首先，她很会玩，无论到哪个城市，都能迅速摸清那里的好玩之处。我只需要带上空的胃、空的大脑、充足的体力，跟着在大脑里内置吃喝玩乐搜索引擎的她走就行。其次，任何路，她走一遍就能记住，有时候我们去逛商场，往地下车库走，她故意不吭声，等我找到车，就坏笑着赞一句："这次不错嘛。"

跟她玩久了，我改掉了路盲的毛病。所谓路盲，其实就是偷懒，不记路。如果硬要往性别上面扯，那也是女孩理所当然地认为自己在这方面可以偷懒——女生是路盲，大家觉得可爱；男生是路盲，大家觉得可笑。

经常听到男生说："你们女人啊，就喜欢腻在一起，聊起隐私有多亲热，翻起脸来就有多无情。"这都是哪门子的老皇历了。

相交十几年，我跟许许很少交换隐私，也从不会单纯为聊天而见面，一定是有人发现了有趣的去处、好玩的地方，大家满怀期待地相约前往。

真正的朋友是彼此懂得，而不需要做对方的情绪垃圾桶。我痛苦的时候，一个人苦就好了，但我快乐的时候，需要你跟我在一起。这是我与许许达成的默契。这么多年，我虽然顶着"导师"

的名头闯荡江湖，真正被许许咨询，只有一次。当时她的儿子不到 3 岁，而她要去法国工作，一去就要在国外待两年。

"错过孩子成长的关键两年，我是不是太自私了？"她问。

"如果你为了孩子放弃梦想，其实是让他背负了自己不该背负的责任。说不定哪天你就会脱口而出：'为了你，我放弃了去法国，你却这么不争气。'拜托，我不要你成为这样的人，别忘了咱们的人生格言。"

"先过好自己的生活，再去为别人负责！"许许铿锵有力地说。

这句人生格言，是我与许许共事时的友谊见证。那时，总有同事说我们自私，我们的确不属于盲目助人为乐型。有一次，领导找我们喝茶，说起同事对我们的评价，许许说："我对工作很热情，从上稿量就能看出来。"

"如果每个人都能像我们这样，把自己分内的事处理得干干净净，这世界就太平了。"我立刻补充。

那件事，让我们总结出一句人生格言，就是"先过好自己的生活，再去为别人负责"。

"自己"就是我们的信仰与神灵，我们既不喜欢麻烦别人，也很反感总是麻烦别人的人。我们所自豪的是友谊很浓，但绝不黏稠，君子之交淡如水，谁说女人不能当君子。

许许去法国执教的两年，我们几乎断了联系。我当时正处于事业上升期，很忙，而她也忙着在陌生的国度打开局面兼吃喝玩乐。偶尔，她给我写邮件，说正在跟着电影游法国，最近一次的路线，是我们都很喜欢的电影《天使爱美丽》，还有，她练法语把舌头都练抽筋了。

我躲在屏幕后面笑得花枝乱颤，丢给她一句："为了法式深吻，加油！"然后就去忙了。

即使她回国后，我们一年见面也不超过 5 次，无论是在同一个城市，还是不在同一个城市。

写这篇文章的时候，我告诉许许，我们这样的女人，是"女友力 Max"——独立、乐观，拼事业，懂生活，行事果断，情绪控制能力强，给周围人带来安全感……她点头如捣蒜，忽然说："你赶紧去补考科二，连车都不会开，还谈什么女友力。"

"对，还有一条，自黑精神。"

说完，我们哈哈大笑。我们笑起来从不捂嘴，但我们也穿"维密"内衣，心怀美妆秘诀，我们商量明年的计划，可以是要不要去"微整"，也可以是自驾美国一号公路。

我很讨厌"女人如花"这个比喻，我说女人当然是树，许许立刻说："对，一棵开满花的树，不然，如何把我们跟那些粗枝大叶的男人区别开来呢？"

每天晚上一个人跑步

◎ 荞 麦

下决心要开始跑步已经是两年前的事情了，也就是说，至少有一年半的时间，我都停留在只说不做的阶段。我买了跑鞋、运动短裤和背心，却仅仅止步于闲谈；我读了很多关于跑步的文章，掌握了不少知识和技巧；村上春树那本关于跑步的书也看了两遍，读的时候心驰神往，幻想自己明天就要去跑马拉松，但实际上什么都没有做。

冬天的时候我开始在家里跳郑多燕减肥操，机械重复的动作令人厌倦，只好观察视频里面的学员，比如有个漂亮女生做错一个动作，会害羞地笑起来，她也知道自己跳得不认真，只是在敷衍；还有个女生不怎么好看，却是最认真的，结束的时候满头大汗，神情严肃，让我想到生活中很多这样的女生。刚开始，我每次跳一半就受不了了，但每天坚持跳一会儿，身体会慢慢产生记忆并且自己进步，后来渐渐可以跳完全程。身体习惯了运动的状态之后，便总是蠢蠢欲动，期待更多。然后，春天来了，看到镜子里的自己因为久坐而导致腰腹和下半身肥胖，对于夏日的幻想催促着我，我终于开始跑步了。

说服自己出门并不容易，所以跑步最困难的部分是穿上跑鞋。小区有跑道，每圈 600 米，最初我给自己设定的目标是每天三圈，还不到 2 公里。即使如此，也很难完成，跑上一圈多身体就发出抗议，只好跑跑停停……

但我很专业！晚上，小区里都是散步的邻居，这其中有牵着狗一路捡狗屎的养狗人，有陪着爸妈散心的儿女，更多的是出来遛小孩的父母。当然也有运动的人，大部分都是快走，偶尔有几个跑步的，都很古怪——有个女生穿着小坡跟鞋跑，有人穿着短裙跑，春天的时候还有穿着棉睡衣跑的……而我穿着荧光色 T 恤、运动短裤和荧光色跑鞋，简直是夜晚一道亮闪闪的风景！

我跑过蹒跚的老人和中年胖子，跑过正在八卦别人的家庭妇女，跑过喂养小区流浪猫的女人，跑过一只又一只的狗（它们会想要挣脱绳子来追我，而我会大喊大叫）……会有好奇的阿姨问我："你每天都这么跑啊？"我并不回答，只留给她一个骄傲的背影。

跑步有很多不可控的因素，比如天气。这个夏天雨下得太多，有时候，我刚刚换好鞋子走出大门，"哗啦"一声，大雨从天而降；有时候，我刚跑了一圈，雨就落下来了，只好往家狂奔。还有污染，空气不好的时候跑两圈，喉咙就非常难受。还有偶尔的交际，吃饭、看电影……都在阻碍我，但最经常出现的障碍是：晚饭吃得太多。

雨后跑步是最开心的。初夏的暴雨过后，在风中奔跑，跑完去健身器械区拉伸。健身区的下水道里有三只大癞蛤蟆，占据了三个角，疯了一样叫，形成了共鸣效果，站在中间压腿只觉得声音震耳欲聋。

过了几天，又下了一场暴雨，只剩下一只，孤掌难鸣，叫不出声势。现在一只都没有了，也不知道去了哪里。

跑步时我不听音乐，做什么都是一种负担，我只是跑，毫无意识地挪动双腿，摆动双臂。脑海中无数念头翻腾又离去，像是移动的梦境。我偶尔摘下眼镜，在一片模糊中奔跑；有时扎起头发，有时则任它们飞舞。

我只有一个固定的伙伴。在我跑步必经的最偏僻的小花坛边，每天晚上都有一个阿姨，一个人对着iPad跳着广场舞，这情景既凄凉又鼓舞人心。我轻快地绕过她，往前奔跑。

有一天，非常突然，我对于这一天毫无准备也毫无期望。但就是这一天，我跑了三圈，没有感觉，于是决定跑第四圈、第五圈，还是轻轻松松……就这样，我突然可以每天轻松地跑3公里了。应该还可以跑更多，但我觉得暂时足够了。

为什么要跑步？跑步之后我并没有瘦，腰腹是紧实了一点儿，或许甩掉了一些肥肉，也可能仅仅是幻觉。跑步之后我吃得更多了，腿也粗了。虽然很多人说拉伸会解决这个问题，但以我个人的经验来说，除非你本来就很胖，一个本来不胖的人开始运动，必然会变得更加粗壮。或许更多的运动最终会导致瘦，但瘦并不是跑步的必然结果。跑步不是一项完美的运动——从来都没有什么完美的运动。

那么，为什么要跑步？只有跑了才知道。

必须有一种觉悟：跑步仅仅是为了跑步，你必须沉浸在这种机械的无意义中，从中感受满足。在某种程度上，这也是一种人生技巧。因为身体机能的差别，每个人跑步的结果根本无法预料：或许变胖，或许变瘦，或许腿变细，或许腿变粗。跑步不能给你任何承诺，而我们要学会从中获得属于自己的意义。

知道吗？跑步的时候并不会出很多汗，跑完之后，身体放松下来时，汗液才会汹涌而出，仿佛带着体内的什么，在洁净着我、镇定着我……"月如手上弓，心似离弦箭"，我站在夜色中，汗水从头发上滴下来，没有什么比此时此刻的世界更加温柔了。或许我就是因为这个，才一步一步，奔跑不止。

在租来的房子里煲自己的汤

◎ 柯安宁

隆冬时节，暖气片烤得我口干舌燥，需要润燥。在家时妈妈总会在秋冬两季煲汤，通常在周日的下午 3 点，我们一家三口会非常郑重其事地共享 soup time。

银耳、红枣、百合、桂圆，还有切成一小块一小块的雪梨，在紫砂锅里用小火慢煨。咕嘟咕嘟一阵子后，再来上两块颜色很深的老冰糖，熬好了，盛在大白瓷碗里，来上一碗，祛除一周累积下来的焦虑与躁动。

身在异乡为异客，住在与人合租的小房子里，虽说厨房设备齐全，可我至今都没有做过一道菜。早晨起床刷牙都需要排队，何况下班回家后的厨房。拥挤、凑合、不断降低的生活品质，毫无家的感觉，更别提什么仪式感了。有一次我想自己做韩国泡菜火锅吃，就买了电饭锅和各种食材，在卧室里煮好了，招呼室友们好好吃了一顿，还喝了热好的梅子酒和清酒，大家吃得十分尽兴。但是之后的一周我都睡在那种泡菜和清酒混合的气味里，无论怎么通风都无法消除这股食物的余韵。

在局促的房子里，事事都要考虑节省空间。在简化物品的同时，也减少了很多生活的趣味。就这样，自己对生活的要求越来越低，住在租来的房子里，人生仿佛也是租来的。

每次回北京，父母总会往我的包里塞满家乡的特产，有时是春节灌好的腊肠，有时是真空压缩的武昌鱼套装，这些需要加热处理的食物，我都悉数转送给室友或者同事，以免暴殄天物。这次回家，老妈给了我一包上好的银耳，还有一小包她特地挑好的百合。想起她在厨房里煲汤的身影，我决定为自己煲一锅汤。

我还是选择在卧室里进行我的煲汤练习，把银耳、百合干、桂圆干泡在玻璃碗里发好，冲洗掉杂质，放在加好了矿泉水的电饭锅里，再加上去了核的红枣，按下电饭锅的煮饭键，就可以等着这些食材变成好喝的汤了。没有惊艳的调料，完全是一锅味道寡淡的食物，所以除了食材的淡淡香气，并没有在卧室造成空气污染。煮沸后，放上两块桂花红糖，盖上盖子接着煮，一直要到汤汁有黏稠感、银耳感觉要融化的时候才算是煮好了。

世界上没有什么事情是不花时间就能做好的，我特别喜欢"熬"的这个过程——食物在水火间安静的变化，在一个局促的空间里被逼迫着释放出自己的魅力与精神，然后浓缩成那样一小碗精华。

正如这住在租来的小房间里，默默熬着自己的人生的我。

高中时我特别喜欢高木直子的绘本《一个人上东京》。高木直子这个身高只有 1.5 米的小女子独自在东京打拼，打了好几份工，只为实现自己做插画家的梦想，然而也免不了半夜泡在浴缸里为生活的艰辛而偷偷哭泣。她特别喜欢做饭，无论是做味噌汤还是炒饭都是那么兴致盎然，一切烦恼与压力都消解在亲手烹饪佳肴的过程中。她甚至会研究附近每家超市的打折时间，半夜与全职主妇抢半价的金枪鱼，只为做一份高级一点儿的料理。这就是琐碎生活中留存的仪式感，这种不小心抢到了很实惠的食材的小快乐，才是每日生活中真切的小幸福。

我喜欢这样认真努力生活的态度，也许就是因为看了高木直子对在东京打拼日子的描写，我才愿意尝试做北漂。即便浴室漏水，被楼下住户大声训斥；即便因为洗手间防水层在修理，不得不在下大雪的夜里和室友结伴去楼下公共厕所解决内急；即便整栋楼的暖气都坏了，我烧了水灌进饮料瓶子暖脚，结果瓶子被烫破了，水漏了一床……人生本来就没有什么大不了的，大不了躲在被子里偷偷地哭呗，然后清理好这一片狼藉，在太阳升起的时候，化好妆，昂首挺胸，收腹提臀，一蹦一跳地挤地铁去。

在租来的房子里煲一碗自己的汤，放心吧，在哪里都一样，好好生活，总会熬出来的。

后来，樊集中学变成了小学，从此与我们无关。

再后来，我们半年聚一次。

我们讨论新的话题，比如绩效工资，比如职称，

偶尔会提到樊集中学。

樊集中学

◎ 韩昌盛

　　我和红民到樊集中学时像两个孤儿，一人提着一双鞋，满脚泥巴进了院子。樊集中学也像个孤儿，在一大片田野中间静默着。

　　红民教数学，我教语文。红民是中国科技大学的专科毕业生，我是一个文学青年，我们的课不难听。我们直接进了课堂，轻车熟路地上课。中午，教导主任请我们吃饭，大碗喝酒，大口吃肉。然后，他说起承包地的事，每人有二亩六分地，问我们种不种。这里离老家有一百多里路，于是，一碗酒后，我们把没看见的地送给了他。戴着眼镜的昌发说："我也没种，都给他了。"但我们还是去看地，没有清晰界限的土地长满了玉米。另一个戴着眼镜的黑脸青年冲我们笑，说："看有什么用，不如自己种。"我们帮他掰玉米棒子。黑脸青年叫保群，他算账，一亩地去掉种子、农药钱，至少可以赚六七百块，相当于一个月的工资。我们只好呵呵笑。

正是秋收的季节，有学生回家帮忙，有学生逃课。我找到他们，他们在老师的地里一边干活一边玩。我罚他们背课文，他们讨价还价，说不如罚掰玉米棒子。保群在一边笑："好主意。"中午不回家的孩子都到了保群的地里，我们一起干活。晚上有晚自习，上到 8 点。孩子们骑着自行车，大呼小叫地回家。我们在地里继续掰玉米棒子，乘着月光，噗的一声，掰下一个。保群看我们卖力，就去买啤酒、卤菜，我们用手捏菜吃，对瓶喝酒。保群笑话我们吃得太多，不够工钱。

食堂师傅出去打工，我们凑合在一起吃饭。

昌发、红民、保群和我，还有一个女老师，叫石亚，一共五个人。保群做饭，我买菜，红民择菜，石亚有时晚上回到镇上，给我们买半口袋馍。没有做饭的地方，我和红民把宿舍腾出来，搬到昌发的房间里，还有保群，我们四个人挤一张床。每天早晨，我上完自习课，到附近的向阳街上买些豆芽、豆饼，外加一块肉。回来时，保群已经馏好了馒头，烧了一锅稀饭，石亚准备炒菜。中午是有肉的，有时谁有什么喜事，比如保群处了个对象，昌发获了奖，都会自己掏钱添个菜。我入党时，买了两份卤菜和一瓶白酒，我出去接了个电话，回来时卤菜已经吃完了。

大多数时候，我们要剩一点儿菜。保群像个碎嘴婆娘，嘴巴一刻也不停，叫我们留些菜晚上看书饿了吃。学生离开后，我们在教室里看自学考试的书，像三个学生，闷着头，一页一页翻，一道题一道题做。昌发经常站在教室外面催我们结束，说学校的电费太贵。保群便和他争执，说他考过本科就不学习，学习是一辈子的事。我和红民便笑，收拾书本回宿舍。

在宿舍里，我们打牌，玩"跑得快"。一局结束，只算手里还有多少张牌，一张牌一角钱。据说这叫"进花园"，只进不出。每天晚上只打八局，总共有四五块钱进账。我们就去小店买吃的，一角钱一根的火腿肠，五角钱一袋的瓜子，有时加上一瓶啤酒。我们照例出去吃，穿过安静的校园，经过一个有着蛙声和青草的池塘。站在操场上，看远处模糊的村庄，看月亮在远处渐渐隐去。我们开始谈话，说白天的学生，说一些不着边际的新闻。说累了，保群开始发牢骚，关于前途，关于金钱。昌发便打断他，叫我们谈论别的。我开始背诵诗歌，北岛、海子，我一首一首地背，声音越来越大，眼泪越来越多。远处，有一阵金属般的声音响起，一只野鸡振翅掠过。

这样的白天，我们上课，做饭，吵闹着吃饭；这样的晚上，我们在教室里认真做题、看书。昌发忧郁地说："你们不属于这里。"我们还是打牌，依旧"进花园"，依旧吃便宜的火腿肠，依旧到田野里散步，背诵诗歌。偶尔遇到一个小偷扔砖头到学校里，我们兴奋地追出去，那个身影在田野里狂奔，我们把憋了二十几年的劲儿都使出来，大声喊着，声音在空中快速射向前方，清晰而张狂。最终，那个小偷停下了，把头埋进麦子里，一声不吭。昌发放走了他，还给了他一袋火腿肠。

我们回来时，呐喊着，像真正的勇士。青春和眼泪在夜色里扩散、发酵，温暖而坚强。

后来，我们离开了樊集中学，保群、红民到了一所乡村高中，我去了老家的中学。昌发给我们签了字。忘了说，昌发是我们的校长，比我大一岁，28 岁。教师本来就不够用，上级有要求：放走一个，就不给补充。昌发很痛快地签了字："你们不属于这里，走吧。"

走了的人不再回来。我们相约一个月到县城聚一次，主题只有一个，回忆刚刚离开的樊集中学。昌发给我们讲已经解散的食堂，还有每个人的二亩六分地。昌发叫我们回去，保群说不去，什么时候发达了再回去。

我们一起笑，一眼看到头的青春，不变的教室，不变的课本，让人安静。

可我们都不想安静地活着。2004 年，我评上了省级优秀教师，红民晚两年也评上了，保群考取了西南师大的研究生。只有昌发还在樊集中学，孤零零地做着校长，执着而安静。

我们偷偷回去过，在一个有月光的晚上，骑着摩托车，在操场上一圈一圈地转。

我们熟门熟路地翻墙头，扑通一声跳下去，转到池塘边，听蛙声。我们在曾经的二亩六分地上转悠，捡起坷垃扔向远方。我们看着樊集中学，在月光下孤零零地静默着，一点儿声音也没有。

昌发说："中学要撤了，我要走了。"我们都不理他，将摩托车发动，轰出响声，在操场上一圈又一圈驶过。

后来，樊集中学变成了小学，从此与我们无关。

再后来，我们半年聚一次。昌发到了另一所中学，依然教书，不再做校长。保群放弃了读研究生，结了婚。红民做了高三老师，看着学生与大学咫尺之遥。只有我离开了校园，到一家机关做文字工作。

我们在县城都有了房子，常常聚在茶楼里打牌，用"进花园"的钱泡一壶龙井。我们讨论新的话题，比如绩效工资，比如职称，偶尔会提到樊集中学。

2013 年 9 月，我们去南京，红民得了癌症。

我们在病房里说笑，红民很轻松地挠头："怎么得了这种病？"那年 10 月，我父亲得了胃癌，也在这家医院。红民开始化疗。晚上，我们在玄武湖边散步，说些往事：那些共同认识的人，那间我们四个人睡过的宿舍，那间三个人一起看书准备自学考试的教室。

2014 年 10 月 4 日，红民走了。在他的老屋，我们坐在铺满麦秸的地上对望着，看烟雾弥散，看那掉了泥的墙壁，看红民那个胖胖的还未上中学的女儿。我们无话可说。我本来认为，会有一生的时间给友谊，给兄弟，给曾经共同拥有的梦想——做一个真诚的老师，但现在只能回忆。仿佛还是在樊集中学那间宿舍，我们四个人盘腿坐在床上，打那种叫"跑得快"的纸牌，争吵着，热闹着；仿佛还在樊集中学院外的田地，有我们的土地，有振翅掠过的野鸡，有瘦弱的小偷；仿佛还是青春，偶尔的惆怅，成长的迷茫，都曾经与我们同在。

唯一不同在的是，那个憨憨的、中国科技大学专科毕业的、曾获过省级优秀教师的乡村孩子红民。

门外有月，很浅。院外有路，很长。静夜有虫，很闹。一如当年，很暖。

阿飞和她的第八大洲

◎ 寇巧丽

一

女孩子们就像小麻雀，爱热热闹闹地挤在一块儿，我们宿舍的女孩儿们就常常在节假日的时候约着出去旅行，甚至说好了要一起逛遍七大洲。

只有阿飞从没有参与过我们的旅行，这不免让我们有点儿遗憾，毕竟所有的合照里独独缺了她。但她不参与，我们也是理解的。

阿飞来自贵州一个古朴、遥远的小县城，她妈妈是一名最寻常的街道清洁工，爸爸沉溺于小麻将馆。她还有一个读高中的弟弟，但他只是做一天和尚撞一天钟地混着日子，希望早早毕业打工去。

因为这样的家庭环境，阿飞的生活一直很简朴。两毛钱的饭、1元钱的烫白菜、1元钱的麻辣豆腐，便是她每日填饱肚子的"标配"了，2.5 元一份的胡萝卜炒肉，都隔几天才舍得点一份。此外，她还积极地投入兼职的洪流中去，8 元到 10 元一小时的发传单工作，她都不嫌工资少。

她整日忙于学习、兼职，陀螺一般地旋转在教室、图书馆、食堂和兼职的场所。

在她拒绝了几次旅行邀约后，我们也知趣地不再询问她了。只是每每在宿舍里商讨着旅行的详细计划和出行时独留她一人在宿舍时，我们心里都不免有些小疙瘩。我们都担心阿飞会难过，只是她从来都没有说过。

二

暑假，我独自外出旅行时恰好路过贵州，便顺路去找阿飞聚一聚。

到达阿飞家所在的小城，她没能来接我，因为她假期兼职的餐厅太忙了，实在抽不出时间。我找到她兼职的餐厅后，坐在大厅的沙发上等她下班。这也是我第一次看到她兼职时的样子，唯一的感受是她超级认真。她楼上楼下来回跑着送菜，偶尔还会去送个外卖。她一脸微笑，好像自己在做的不是一件辛苦的工作，而是在旅程中——虽然辛苦流汗，但很开心。在稍微清闲的时候，她甚至会拿起拖把认认真真地打扫卫生，而这并不是她分内的事。

　　下班后，阿飞带着我逛了逛这座小城。她一边带着我在人潮里穿梭，寻找着她熟知的味美价廉的小吃，一边告诉我她在这座小城里的记忆——哪一条街，是她高考后摆摊卖凉粉的地方；哪一家小饭馆的辣鸡粉特别好吃；哪一条小路，她曾经偷偷跟随自己喜欢的男生，但没有勇气告白……我一边嚼着小吃，一边和她一起回顾了她的少年时代。她究竟是怎么把这座小城的每一个细节都记得如此深刻又生动的？仿佛那些黑魆魆的小平房，都有了鲜亮的色彩。

　　趁着夜色未浓，我们爬上了小城的一座小山丘，她说高考过后，她和她的同学们就是在这儿欢呼着和中学时代告别的。

　　坐在石头上，我们看着脚下灯火璀璨的小城，陷入了沉默。微风吹来，脖子后渗出的薄汗慢慢蒸发，带来一丝丝凉意。

三

　　我扭过头，看着她被风微微吹起的发丝，问道："阿飞，我一直挺想知道，每次宿舍里一块儿出去玩，唯独你没有去，你独自在宿舍的时候会觉得孤独吗？"

　　阿飞也转过头来看着我，她的眼睛很小，一笑起来就眯成了一条缝儿，但我依然看到了其中的真诚和满足。她说："你多虑啦。其实我也知道，你们为了顾及我的感受，商量旅行计划的时候会刻意不在我面前说。但是，我并没有那么脆弱。"说到这儿，她看着我笑了。

她接着说："其实我不是没有羡慕的时候。羡慕你们没有我这么重的家庭负担，羡慕你们可以去很多地方。但说到羡慕，要羡慕的人多着呢。拿这些羡慕别人的时间，我可以做很多事情。"

我心里一热："阿飞，难道你就不想旅行吗？不想去看看自己生活之外的世界吗？你不是暑假兼职了嘛，要不你跟我一块儿去四川吧，反正那也是你自己赚的钱啊。"

阿飞摇了摇头："不了，我的工资我想留给妈妈。其实比起新鲜的事物，我更喜欢旧的。我喜欢在熟悉的地方生活、行走，它们有太多值得我去注意和琢磨的地方。葡萄牙作家费尔南多曾说：'我对世界七大洲的任何地方既没有兴趣，也没有真正去看过。我游历我自己的第八大洲。有些人航游了每一个大洋，但很少航游他自己的单调。'我熟悉我的家乡，我也想继续更加深入地去了解它。我喜欢我的兼职，哪怕它给我带来的收入并不高，还很累，我也会认为，拥有丰富多彩的内心，远远比去过多少城市重要。

我觉得现在的自己也是在旅行啊。只不过旅行的地点是我自己的第八大洲。这个在排行榜上找不到名字的地方，不论繁花似锦还是贫瘠乏味，都是属于我的世界。我虽然没有怎么出过远门，但我通过阅读，领略了很多美景，我通过和身边人、和家乡的一切和谐相处，看到了许多让我感动的景色。虽然费尔南多说的第八大洲，更多的是指他的想象空间，但对我来说，我的第八大洲，就是我正在旅行、也将用一生时间去旅行的目的地——我的故乡。"

"我想，在你的第八大洲里，一定有一片很广阔的原野，上面绿草如茵，花朵盛开，泉水叮咚。那一定是一个很美好的地方。我都想去你那儿旅行啦！"女孩子间的交流都没办法严肃太久，我向她撒娇，在她的腰上挠痒痒，逗得她哈哈大笑。

"哈哈，你去旅行吧，四川也好，你自己的第八大洲、第九大洲、第十大洲也好，总有一款适合你！"我和阿飞笑得很开心，笑声应该传得很远很远，会不会传到她的第八大洲去呢？

站在上一个十年的终点线上，

我开了一间小小的咖啡馆，

这是下一个十年，

我的奋斗与享受，我的自由与自律。

不忘初心归去

一朝自由，十年自律

◎ 艾小羊

十年能够见证什么，改变什么？

一个人的时间用在哪里是看得见的，勤奋者收获成就，自律者收获自由。

十年前的出发，未必能预料到今日的抵达。

成长的日子，就是最美的时光。

十年前的 4 月，老洪山广场还没有拆，广场上养了许多鸽子。领导在我的辞职报告上签下"同意"的那一天，阳光正在春夏之交的岁月中酝酿着最为舒适的温度。走过洪山广场，一只鸽子落在我的手臂上，我悄悄地对它说，从此我与你一般自由。

在经历了国企、私企的十年职业生涯之后，我成了一个以写作为生的自由人。有人说我坚持不了两年，有人说我会荒废了自己，我的父母也像大多数中国父母一样，唉声叹气，似乎自己的女儿将要走上绝路。

夏天的时候，我去了新疆，那是人生中第一次也是唯一一次独自长途旅行。马铃声在交河故城上空击打着空旷，漫无边际的向日葵田将大地变成一块永不褪色的画布。

当大巴司机停下车，悠闲地吸半支烟，等待羊群不紧不慢地穿过柏油马路时，对于周围那些反对的声音，我忽然觉得释然。

只有身处一片广阔的天地，我们才能意识到自己的渺小，而意识到自己的渺小，就不会被任何所谓的重大选择击倒。即使你的选择真的改变了人生，也不过是广阔天地中一朵微小的野花，野花以什么样的姿态生长是它自己的事，唯有把自己看得卑微，才可能更加接近自由。

但如果说自由就是畅游天地间，为所欲为，也不是我的选择。我骨子里依然是一个传统的人，需要稳定的工作和收入，需要属于自己的家。于是，我告诉自己，你只是把办公室搬回了家，你只是一个既做老板又做员工的人，书房就是你一个人的公司。

很长一段时间里，我的手机设置为晚上十点准时关机。那些试图在晚上与我联络的编辑在四处找不到我之后的清晨，会半开玩笑半认真地质问："难道女作家的一天不应该从中午开始吗？"

你为什么不在晚上写作；你在家跟上班一样，还有什么意义……被问得多了，我也开始反思，为什么自己明明不用打卡却要固执地坚持朝九晚五的作息——那大约是出于对自由的敬畏。我选择自由，是为了一份自己喜欢的事业，而并非单纯为了自由而自由，更不是为了一事无成而自由，所以对于自由，从得到的第一天起，我已心存防备。

与自由相比，我更擅长自律，并且固执地认为，没有自律的自由毫无意义。

我迷恋因早起而显得格外漫长、充裕的日子，仿佛凭空偷来更多的时间。我喜欢记录，已完成的工作、计划、收入、支出、灵感，等等，都会被忠实地记录在一个厚厚的笔记本上。某年生日，好友送给我一本精美的笔记本，她在扉页上这样写道："它最理想的归宿是被打开，被书写。"我如获至宝，迅速将自己对于未来的想法、计划和不可思议的变化全部转到这本厚厚的笔记本上。

此后，我又买过许多笔记本，几乎一年一本，密密麻麻地记录着自己的 365 天。

十年，我有过非常复杂的心思，却过着异常简单的生活。十年从自由开始，以自律结束。成功学专家说，如果你肯用十年做一件事情，一定可以成功。我用十年的时间做写字这一件事，倒并不觉得自己做得多么成功，甚至在看李安的自传《十年一觉电影梦》时，还产生过不小的自卑：同样是十年做一件事，人家都获奥斯卡奖了。

我只能说，花费十年去做一件事是种幸运，但并非一定会成功。慢慢接近目标，克服过程中纷扰的意外与杂音，在不断的克服中获得战胜自我的成就感，这样的一天与另一天、一年与另一年皆有分别，而这正是我们区别于他人的标志。

在中国人的心目中，"十"是一个重要的数字，喻示顶点与圆满。古人结绳记事，以一结代表"十"，我则钟爱《左传》所述："十是数之小成。"十年，小成即安。

站在上一个十年的终点线上，我开了一间小小的咖啡馆，这是下一个十年，我的奋斗与享受，我的自由与自律。成功的含义总是既模糊又无情，我的愿望不过是能够像古人那样，找一根结实的草绳，每隔十年，虔诚地打下一个结。这是我的，也只是我的人生。

与褪袢分手

◎ 黎继新

从来不知道，夜可以是这样的。夜空明明与我们乡下的一样，挤满星星，而夜空下的景物却如此奇异。那么多的灯火紧张地排着队，像长龙，急急地滑向不可预知的黑暗深渊，还带起了猎猎作响的风，哪像我们乡下，几处灯火随意而慵懒。我在卧铺大客车上，客车在夜晚的高速公路上，我和客车一起去广东。这是我人生中第一次真正意义上的远行。

到的时候是晚上，那个地方叫沙溪，正下着雨，雨在霓虹灯下像流动着的彩虹，一切奇异得让人兴奋。我想，有一天，我会背一袋流动的彩虹回去给父母看。此时的我踌躇满志，他们都说，我是父母娇宠着长大的小女儿，哪能吃得了打工这份苦。我不信。但我很快发现口袋里没有足够的钱，所以，第二天我略微焦虑，急急忙忙地找工作。

可能运气特别好，没走多远，我就在一家鞋厂门口看见招"作业员"的启事。"作业员"是做什么工作的呢？我想，"作业"嘛，大概就是"写作业"，与"写"有关，对我这样高中毕业的"高才生"来说是小菜一碟。我捏着高中毕业证，信心满满地到工厂门口的保安室去应聘。没想到，人家保安看都不看一眼就把我招进去了。

所谓的作业员仅仅是在流水线上做简单的手工操作。我的工作是用熨斗熨一种叫"套前"的东西：把"套前"放在台面上，提熨斗放在"套前"上。我顿时有种杀鸡用牛刀的感觉。但我此时没有了退路，一是身上没有钱，二是身份证被扣了，要干满两个月才能拿到。

上班几天后，我就尝到了想睡而不得睡的滋味。有次上晚班，后脑勺突然剧烈疼痛，睁开眼睛一看，周围鸦雀无声，所有的同事都看好戏般似笑非笑地看着我，而主管正抱着双臂面无表情地站在我面前。我从地上爬起来，才发觉自己因打瞌睡从台面上滚到了地上。后果是我头顶着一个大大的包，被罚了50块钱。我得到了人生中的第一张罚单，满心不服，我理亏在先，无话可说。

更沉重的打击是在另一天。当时我正在认真工作，主管突然吼了一声，我被吓了一跳，熨斗就贴着手臂滑了过去，我惊叫一声，一会儿手臂上便爬了一条小蛇似的水泡。主管不言不语，拿出罚单，写上"10元"，就把罚单递给我。

我没好气地质问："干吗？"

身边的同事幸灾乐祸地指了指我身后，地上有一小摊胶水，不知谁洒的。主管说了，地面要保持干净，每人一个圈，以自己为圆心，到两个人的中间点为半径，每个人管理好自己的圈子。

胶水刚好在我的圈子内，我急忙辩解："不是我。"

主管冷冷地说："在你后面，不是你是谁？"

我大声说："我说了不是我！"

主管看了我一眼，没有说话，又开了张 20 元的罚单给我。

我气愤地说："我用熨斗，不用胶水，为什么乱罚款？"

主管说："我怎么知道你是怎么弄的？反正是在你的圈子里。态度不好，再加罚 20 元。"

最后，以我乖乖闭嘴、被罚 50 元收场，我悲愤得眼泪簌簌而下。

此后，我的罚单一张一张接踵而至，原因大抵是身后的地上有时有纸屑，有时有胶水，有时有货品。

经过多次教训，我学乖了，再也不辩解，被罚的钱也就少了些。

我学会了时刻检查自己的圈子，于是，我发现了一个惊人的秘密：一旦有人不小心掉了垃圾，从不会捡起，于是总会有一个人遭殃。大家都是检查自己的圈子，若有垃圾，就踢到其他人的圈子里。我不明白，发现垃圾捡起来丢进垃圾桶里不就得了，为什么要互相陷害？也许，在冷漠的环境之中，人心的阴暗就会四处横行。

我的悲伤是在第一次发工资那天真正释放的。

干了两个月，我得到了 93 块 5 毛钱。工资条显示，押了一个半月的工资，扣了生活费、押金、罚款、工厂的工具费等。白纸黑字，清清楚楚，一点也没有错。

可我怎么也想不明白，我干了两个月，为什么只有这么一点钱。

我打电话给家里，喊了声"妈妈"就哽咽起来。母亲惊慌失措地问："怎么了？是不是被人骗了？"

这是母亲最怕的，因为村里有在外打工的女孩被人骗去给卖了。

我哽咽着问母亲："你们在家里有钱用吗？"

母亲很警惕，说："我哪里有钱？家里欠了一屁股债。"

我想母亲误会了，忙说："我只发了93块5毛钱，没有钱寄回家了。"

母亲松了口气，温柔地说："没关系，只要你在外面平安就好。"

我再也说不出话，眼泪簌簌而下。一种被欺侮过后的委屈，在此刻像黄河一样决堤。我一边哭一边说，说着远方这个世界的冷漠，说着不明白为什么干了两个月只有93块5毛钱。我只知道被人欺侮了，可我不明白如何反抗，只有深深的无助和委屈。

父亲说："我们离你这么远，也没办法帮你，外面的事，我们也不懂，只能靠你自己了。"

我心头一震，他们真的再也不能帮我了吗？

挂了电话，我的悲伤铺天盖地。吃饭的时候，想一想，眼泪流下来了；上班的时候，想一想，眼泪流下来了；睡觉的时候，想一想，眼泪又流下来了。这一天的眼泪，大概可以水漫金山寺。

那段时间，我从一个胖子暴瘦到 80 多斤。

来年春天，母亲说大嫂给我找了一所卫校，让我回家读书。

家是多么温暖的襁褓啊！我立马收拾行李。

辞不了工，主管说只能"自离"，也就是说不要押在老板那里一个半月的工资，就可以随时走。是的，为了回家，工资我不要了。

回到家里，母亲一见到我的样子就大哭。

嫂子说："读书可以，但学费要自己去寻，爸爸妈妈老了。"

父母老了吗？我回过头看了看父母，吃惊地发现，他们不知什么时候竟然变得这么苍老孱弱，尤其是曾经像屋门前那座山一样的父亲，此时竟然瘦得像一片纸，可以随一阵轻风，飘过十万八千里。这个家，似乎因父母的老去而风雨飘摇，岌岌可危。似乎只有我才是堂屋中央那根雄壮的顶梁柱，别无选择。

远行，一旦开始，就是不归路。这个襁褓，我已经回不去了。瞬间，我就长大了。

我决定再次南下广东，此时的心境与第一次一样，却又不一样。走的时候，天气突然冷了，前几天，春光无限，阳光明丽。我笑着说兆头不好。母亲有些惶恐不安，说："那你还是别去了。"

父亲说："这是冻花，桐子树要开花了。"

我说："为什么开花就要冷？"

父亲说："不冷不冻，怎么会开花？"

我明白，父亲是想告诉我，所有的苦旅，都是人生的一种修行。

不再是初生牛犊，因有了心理准备，我不再害怕。

生活中的很多困难和挑战，

如果我们只是习惯性地逃避，

就不会有机会发现，

其实它比我们想象中的容易许多。

不忘初心归去 /

差点儿被想象卡死

◎ 茉茉官

2007 年，我顺利拿到心理咨询师资格证，但就专业能力而言还不能执业，就暂时在一家高校的心理咨询中心做兼职的助理工作。也许是我的人品还不错，很快，又获得了一个特别合适的工作机会。

那时，某知名心理杂志的中文版创刊不久，编辑部正好缺一个兼职的英文编辑，主要负责细读该杂志的英文版，然后在每周二的下午参加编辑部的选题会，把英文版的内容翔实地介绍给其他编辑，供大家借鉴参考。对于当时的我来说，这简直是一个天上掉下来的大馅饼——可以阅读大量的外国书报，还有和众多国内外心理学家交流的机会。

入职不久，主编就开始放心地让我去做一些文字工作，尤其是对各位心理学家的采访。一切似乎都进展得十分顺利，我甚至像其他的责任编辑一样领到了更多的文字工作。但是挑战也随之而来——毕竟，这本杂志并不是学术期刊，其目标读者还是都市时尚女性，我的工作逐渐发展到需要接触一些心理学家以外的文化名人、学者、企业家，甚至演艺明星。

当然，具体的采访工作对我来说不是什么问题，我很喜欢和那些前来找我谈话的人交流，倾听他们的故事，亲近他们的内心，但是我不知道如何向一个陌生人发出采访邀请。之前的采访，我都是直接"领任务"，按照领导事先安排好的日程，带着录音笔到某地会见某人——这是作为一个媒体人的死穴。

当时的我不敢给采访对象打电话，害怕一切可能发生的拒绝。于是，我无限地推迟与采访对象联系。每当拿起电话，我总是能找到一个十分恰当的理由，告诉自己应该"换个时间"——说不定人家还没起床、正在开会、见客户、吃饭、运动、度周末……我的采访任务一拖再拖，将近一个月的时间一晃而过，我非常"完美"地保护了自己，不用去面对可能发生的"被拒绝"，而结果就是我的稿子交不上去。

我开始像鸵鸟一样逃避。

每周二的选题会刚一结束，我就赶紧收拾东西闪人，生怕领导问起这件事。当时的我，不知道如何面对自己的不胜任，也不知道如何请求帮助，总觉得解释是一种罪，做不到就是做不到，就应该接受惩罚。或者说，惩罚早一点到来，自己也就早一点获得解脱。

幸运的是，我当时遇到的领导都特别好。

首先是负责带我的主任，当她询问我为什么稿子拖了那么久还没交时，语气中没有一点批评和指责，甚至安慰我说："新编辑交不了稿是非常正常的一件事。"等我放松之后，她才继续提醒我说："但是你要告诉我们现在面对的具体困难是什么，这样我们才知道怎样帮助你。"

两天之后，主编请我到她办公室谈话。她先送给我一本记者专业的入门书籍，然后轻描淡写地告诉我，其实越是有名气的公众人物，越是在意自己的公众形象，所以大都平易近人。总之，就是很到位地鼓励了我。

下班的路上，我就和我人生中第一个约见的名人通了电话，约定了采访的事项。现在回想起来，当时领导在给我安排采访对象时，一定是考虑了这些问题的。我要面对的都是一些口碑极好的老师，至于那些喜欢刁难媒体的小明星，根本就没让我碰。

大概一年半之后，随着我心理咨询工作的开始，我离开了那本杂志。但是，作为我人生中第一份较为正式的工作，那段宝贵的日子教会了我许多职场常识，帮助我顺利完成了从一个学生到职场人的身份转变。

这段经历让我知道，工作中一定会有一些我们喜欢、能够胜任的任务，同时也一定会有一些我们不喜欢、不擅长、不愿意去做的事情——正是那些不甚可爱的方方面面，帮助我们把职业的梦想稳稳地落到地上，让它不再仅仅是个梦想。

　　如今，每每回忆起当初那个差点儿被"一个电话"困死的自己，除了有点儿想笑之外，也想向她表示感谢。感谢她当初看似狼狈的坚持，让如今的我深深地相信：生活中的很多困难和挑战，如果我们只是习惯性地逃避，就不会有机会发现，其实它比我们想象中容易许多。

职场逆旅程

◎ 梦幻阿贝

2013 年年初，我开始计划换工作，家人和朋友都不解："你的工作不是挺好的吗？干吗要折腾？"

这时候我开始思考，什么才是"好工作"？

我从事编辑工作，薪水不错，和同事趣味相投，上班时间自由，做着完全可控的工作内容并且能被认可，一切都轻车熟路。最重要的是，它是我从高中时代就向往的一份工作。可人就是这样，就像你一直喜欢一个男生，等你终于有机会可以和他谈恋爱，却未必能谈得久。

在舒适度接近满格的同时，这份工作还有如下问题：官僚气重，老板对行业没有清晰的认识，不民主，不透明，想要在工作上有所突破会遭遇重重阻力。如果我刚毕业，会觉得这样一份工作很有"面子"；如果我已经离退休不远，或许这样的工作比较适合混日子养老。可是我才工作 5 年，业务已经熟练，激情尚未消退，对于"好工作"的认定标准是自我价值的最大化，而非舒适度满格。

换了新东家，一切从零开始。报到的第一天就发烧，真不是个好兆头。烧退了之后没有任何缓冲期，直接开始独立操作一个大项目。那种压力，就像一个不会游泳的人被扔进了大海，且没有救生衣。很多个瞬间，我以为我会猝死或者情绪失控，但是还好，人的潜力比自己想象的大得多。我感觉自己就像一根皮筋，可以被无限拉长。

最崩溃的时候，我在电话里对着我妈大哭，当时的想法就是回去当公务员或者嫁人。

换工作之后，有一次跟闺密薇薇聚会，聊到了"职场逆旅程"。她的经历跟我颇为相似：之前，她已经在房地产公司做到了总经理，年初辞职去做城市区域规划。她形容："那种感觉就像一个小学生忽然进了博士生的课堂。"以前开会的时候是她一个人讲话，现在她只有资格旁听，连提问都怯怯的。

我们一致认为，能让你感觉到累的并不一定是"好工作"，但"好工作"一定能让你感觉到累。道理很简单：只有踮起脚尖，才能摘到树上最好的果实；而弯腰就能拾起来的，总是掉在地上已经快烂掉的。

在我感觉快要撑不下去的那段时间，薇薇跟我说："20 岁谈恋爱，30 岁为工作的事纠结，其实都是一种修炼。有时候我们逃避，是因为放弃跟自己的弱点死磕。"

她为了能融入新的公司，每天强迫自己利用坐地铁、等客户、睡前的时间学习专业和行业知识。"3 个月之后，我可以在会议上提问了；半年之后，开会的时候我不再只是旁听和提问，还能发言。"她说，一份好的工作，在彼此适应之后，会觉得就像读完了一个硕士或博士的课程，也像谈了一场深入而热烈的恋爱。

前几天，她发微信说值得为这一年去吃一顿"土豪级"圣诞大餐："走到今天，终于可以淡笑流年，杯盏言欢。"因为都太忙，我们在上次见过面之后已经有 4 个月没见。看她的朋友圈，各种精彩，人生境界已然不同以往。

而我呢？我当然还没到"淡笑流年，杯盏言欢"的时刻，甚至偶尔也会后悔快 30 岁了还瞎折腾。"女人最终都是要回归家庭的"，不止一个人跟我这样说。身边的好友都当了妈妈，家庭幸福。在她们晒宝宝照片的时候，我只能晒一晒加班回家时的夜路。

可人生没有回头路。这个城市里，有太多比你优秀却比你更勤奋的人。

我的另一个闺密，自己买了房，还了贷款，她对我说："我希望我今天做的工作，老的时候想起来会五味杂陈，而不是淡淡的白水味。"大概我也不想将来回忆的时候一片苍白吧？那些折腾的事儿，日后想起来至少是有味道的。

前几天听说老东家倒闭了，有一些愕然，那种心情就像是初恋情人忽然失踪。但也明白，这个世界上很多事都有它的规律，没有哪个人的力量大到可以扭转乾坤。

　　什么是逆旅程？就是你明明可以走一条平稳上升的路，却选择了折回去，从另一个起点重新开始。据说地产商王石离职去美国留学也是这个意思。我向来对富豪们的成功学不以为然，这次却深信不疑。

梦想去远方

◎ 巫小诗

上高中的时候，学业压力很大，看旅行书籍便是我的减压方式，"穷游""搭车""背包客"这些词像神秘的黑洞似的把我往里吸，令我魂牵梦绕。

北岛在《青灯》里写道："一个人行走的范围，就是他的世界。"我被这句话惊到，我想去远方，想让自己的世界更加广阔。但不是每个人都能说走就走，首先你得有钱，其次你得有时间。

母亲不喜欢我到处走，她觉得女孩子就应该乖乖待在家里，看看书，做做家务。见我执意坚持，她说，要去旅行也可以，但她不会提供一分钱的路费。我呢，也算是跟她怄气——你不让我出门我偏要出，你不给路费我就自己挣。

挣钱这种事情，不是立刻就可以完成的。高考刚结束时，我给自己定了个目标：从高中毕业到大一暑假，我要挣够一万块钱。

对我那个年纪的人来说，一万块真的是天文数字。那时候我最想去的地方是西藏，虽然去过的人告诉我，去西藏根本用不了这么多钱，但我给自己定的目标就是一万。因为，如果你想要跳到月亮上去，你就应该把太阳设为目标。

于是，当同学们开始享受他们三个月悠闲且放肆的暑假时，我开始了自己的漫漫攒钱路。

一开始，我在一家小型的旅行社当助理导游，公司不太正规，因为缺人，没经验的我被录用了。前两次是跟短途的旅行团，因为我的后勤工作做得不错，所以每趟都能得到不错的报酬。第三趟是去西安，因为高速公路上堵车，全车的游客错过了火车，我一边联系退票，一边安抚大家的情绪，一边找别的交通方式，最终化险为夷，准时将游客送至西安。这一趟公司损失惨重，我没有得到一分钱的报酬，就委婉地辞职了。

后来，我给暑期的住校培训班当了一个月的助教，看早、晚自习，督促学生背诵和朗读，老师不在的时候，我帮着讲解习题。有的学生年龄比我还大，调皮又顽固。有个男生总是睡懒觉，不来上课，我就去寝室叫他，他冲我发脾气，不开门，我就在门口守着，直到他于心不忍地出来。我离开培训班时，好多学生都不舍地哭了，其中也包括那个顽固的男生。

进入大学，我每个月都会写稿件，也会跟同学们一起参加社团和志愿者组织的活动，跑新闻、办活动、当义工，这些都是没有报酬的，有的甚至要自己贴一点儿钱，我依然乐此不疲。我知道，再没有一个地方单纯如校园的了，当你是学生的时候，你应该庆幸有如此多的人热衷于做无报酬的事情，大家付出的是爱，收获的是感动和难忘的记忆，这些都是钱买不到的。

高中时，我每年发表的文章不到十篇，但步入大学，时间宽裕了，表达也更加自由，加之对攒旅费的渴望，我踏上了相对高产的道路，多的时候，一个月能在六七本杂志上露脸。

终于，大一的暑假来了，之前狠心定的目标居然实现了，而且还超出不少。于是，我决定不只去西藏，我要玩到国外去！我从江西出发，去了青海、西藏、云南和尼泊尔，玩了整整一个月。当乘着滑翔伞飞翔在尼泊尔的高空时，我几乎要哭出来了，这一年的种种委屈和艰辛，在那一刻都变得值得。那是我度过的最传奇、最痛快的一个月，传奇的是路上的种种经历，而痛快，是实现了被轻视的梦想之后的释怀。

或许我该谢谢妈妈，要是她一开始就甩给我一沓钱，我绝对不会这么卖力地兼职和写稿，也不会拥有这么多难忘的经历，获得心灵上的成长。现在我是一名即将削尖脑袋往职场挤的大三学姐，旅行不再是我的终极梦想，但我还记得十八岁的自己，那个天真的"小财迷"，她到达了她梦想的远方，我也活在我珍惜的当下，我们都应该是快乐的。

很喜欢一句广告语——只要你知道去哪儿，全世界都会为你让路。多希望永远能明确地知道自己要去哪儿，不会因为道长路远，而不知道要怎么走了。

忘记自己是个新人、女性、不漂亮、没爹拼……

忘记所有的自我评价和限制，

只是坦然地坐到桌边，投入地玩一把。

不忘初心归去 ∕

坐上桌玩一把

◎ 碧　城

　　你想象中的职场生活是什么样子？计划周详，按部就班，责任大过天？或许你需要放松自己，去了解工作中的沟通、求助、适度拒绝，以及公平和机会。坦然坐在桌边，自信、投入地玩一把。

　　工作是对人的异化，但多数人仍需要通过工作实现价值，回归自我。所以，工作是现代人打不破的迷梦、必须要的负担，对于那些对自我期待很高的人来说，更是自我实现的途径。而身为女性，在职场中，既有《杜拉拉升职记》那样充满正能量的励志轨迹，也需要更超脱的性别视角和自我认识。

　　Facebook首席运营官谢丽尔·桑德伯格在演讲中说，女性在当今世界的任何一个领域都还没有占据绝对领导的位置，至少她那一代女性，没有在任何一个领域占据50%的领导席。她建议职业女性首先要学会在桌边坐下来——自信地和男性以及老资格们一样坐到桌边来，坐在一个表明自己能够光明正大承担工作的位置上。我花费 5 年半时间，才粗知这个道理。

戴面具的"职场新人"

我毕业第一年的 10 月，出差路过兰州，去看大学死党，他有一种"你是不是内芯被换了"的讶异。那个嚣张跋扈、懒惰自大、视循规蹈矩为对智商的侮辱的文艺女青年，在短短几个月中变成了一个完全相反的人。

那是一个什么样的人呢？是一个戴着想象出的面具的职场新人。现在回想那一年，以及接下来的两三年，我都是同一副形象：拘谨自制，严肃刻板，充满了过剩的责任感，对自己经手的每一件事都抱有莫名的荣誉心，以一种几乎是戒惧的姿态应对每一个工作细节，如履薄冰，如临深渊。我从不质疑领导，非常尊重前辈，所有的压力都指向自我要求，从小学起就不肯上早读课的懒散，几乎被一夕治愈。我对因工作约定的时间有一种几乎变态的在意：如果有人连续 3 次在我参与的工作会议或出访中散漫或迟到，我会对他产生一种根深蒂固的厌恶。而如果有人给我一份不合格的表格，我就会在心里默默地把他划入"智商及工作能力有问题"这个类别。

也是那一年，部门要做客户答谢及年终总结会，我原本负责广东一个偏远小学学生的邀请和组织工作，会议倒计时第三日下午，突然又接到同组资深同事"做不过来"的一个小组的总结PPT制作任务，时间跨度从部门开始做第一个项目起到那一年年底。我虽然从实习期就协助多个项目，入职就负责一个独立项目，但毕竟进组未满半年，对整个小组的工作，尤其是已经运作了两三年的一些项目，几乎从未得到过系统的信息培训。我所掌握的都是我在辅助其他同事工作的过程中接触到的各种散乱文件：一年一签的各式合同、媒体报道中的各种片段、大量的照片、不同时期的广告……中间因为人员变动出现的交接空白和各式文字表述不清的信息，我根本无从得知。

但那时候有一种"绝不允许自己手头出现一件完不成的工作"的痴傻执拗，所以我几乎没有提任何条件，也不懂让老同事们交出他们梳理过的文件，就答应了。

我盘点手头的工作，要完成所有事项，剩余的时间只能以小时计。然后，我下午3点打完所有联络电话，坐在电脑前，持续做到次日凌晨4点，没有吃饭，没有睡觉，除了喝水、去卫生间，几乎没动过。

我梳理了3年多来部门如何从无到有，从一个项目发展到多个项目的脉络及亮点，最后做出了60多页PPT。

群发邮件给小组领导及那位资深同事后，我回到家里，收拾行李，早上6点钟出现在深圳火车站，登上已租好的车，直奔阳江一个小镇。中午1点钟到达学校，接上已经准备好的老师和小学生，马上返程，到下午 5 点多钟，全天没有吃过一口饭的我终于带着小组走进酒店时，看见那位之前说"做不过来"的资深同事在酒店商务中心那里，以 15 块一张的价格，打印着一份 PPT。那就是我昨夜的成果，她换上了统一的心形母版，把握十足地跟总监助理描述自己做得多么辛苦。我的世界观都要碎裂了。我沉默又恭谨地做好任何一件事的时候，可从没想过会有这样的情形。

次年，我们有一个项目要在异地完成，我负责统筹，北京的同事负责征集观众。那是一位非常自信且仪表堂堂的男同事。

在前期沟通中，我为"春季冷又多雨，如果信息传递不足，是否会出现观众不够的情况"担忧时，他非常自信地表示："你就放心吧，我不仅联系了执行方，而且找了场地协助人，至少会多出 50 人至 100 人。"这样的承诺在多方电话会议中也一再出现，我有什么理由怀疑一个看起来这么靠谱的人呢？结果活动前一日落雨，活动当天，春寒料峭，阴云不开，时间快到，嘉宾已齐，我接到他慌慌张张的电话，狂奔过去拉开某礼堂那庄严华贵的大门时，心跳都停止了：那就是活生生的噩梦上演，整个礼堂红艳艳的 300 多把丝绒座椅上，零星坐着不足 30 位观众！

那一天是如何度过的，我几乎不记得了。

就在这样的考验中，我终于逐渐伸展蜷缩得太紧的自己，把对工作的理解和要求，从单独的苛责自己上转移出来，开始去理解工作中的沟通、求助、适度拒绝，以及公平和机会。

但我的时间已经逝去，那个埋头吞掉工作事项，如同黑洞一样存在的形象已经深入人心，我没有自我，没有表达立场和规划的意识。我的同事们知道我是可靠的人，所以什么项目都想请我协助；我的领导知道我是有责任心的人，所以给我各种必须推动的事项；而部门决策者对我的了解都建立在资深同事对我的描述之上，所以也并不能明确我的特质。于是有一段时间，他们先是把我调到北京的另一个小组，然后让我负责策划工作，接着是品牌工作……

投入地玩一把

在每一个时期，我都尽我所能，把"需要我"的工作做好，甚至超出预期，但是我没有主动告知过任何一个人我的规划和需要。在这种双方不能详尽了解的痛苦中，我辞职了。我牢记我是一个"职场新人"，永远让前辈发声，让更自信的人掌控局面，让别人先行，自己把工作默默做完。但我忘记了"我"，我的成长、我的喜好、我的技能、我的创造力及其所需要的特有轨道。

接下来的一两年中，我用很多种方式试图主动传达自我，激烈跋扈过，严苛过度过，也有过分公事公办，冷冰冰、"职业化"到让人愤恨。我也试图从各个方面证明自己，创意、策划、管理、团队……恨不得让全世界都知道我的存在。我渴望充分表达的同时，无限地透支自我。有人叫我女强人，有人说我是工作狂。有一个女同事曾经问我："除了工作，你心里还会想别的事吗？"

这种局面并未让我好过，我的小组成员都长期过劳，压力巨大，没有午后慵懒、下午茶聚的逍遥时刻。部门领导认为我过于排斥合作，也就是管了太多事，不给别人发挥的空间。

我几乎觉得工作是我永远摆不平的一个模块了，那种焦虑感和"时间在白白流逝"的忧惧充斥我心。年初，我飞去马尔代夫度假，在悬隔世外的小岛上，我问自己：这些焦虑、忧惧、苛刻、对自己和对别人的不放松，都是从哪儿来的？那个答案就是：不自信。我不相信自己可以从容地应对工作，不相信自己有足够的分量掌控所有工作局面，不相信自己也可以成为一个"重要且令人敬佩的人"。突然有一天，就是在新的工作岗位上和集团同事们围桌开完长会的那一天，我听到了谢丽尔·桑德伯格的演讲。她把我所有的努力总结为一句话："Sit atthe table（坐在桌边）."

在桌边找到自己的位置坐下来，既不自我贬抑，埋入墙边角落，也不过分自满，骄纵不知分寸。忘记自己是个新人、女性、不漂亮、没爹拼……忘记所有的自我评价和限制，只是坦然地坐到桌边，投入地玩一把。这是工作对个人的全部要求，也是个人开始享受工作的关键起点。至少我是这样认为的。

打杂者的甜区

◎ 草上飞鸿

　　有不少人好奇农民工的现状，他们问我们的生活，问我们的想法，问农民工到底是一个什么样的群体。整体来说，与问这些问题的人相比，我们的生活和想法也许要简单一些，一些陋习也显得更加突出，娱乐生活以及各方面的条件都差很多。但大家都在同一片天空下吃灰尘，我们的现状也无非就是生存和利益。

　　这些有想法的爱心人士，甚至觉得"农民工"这个称呼不友好，要用个更好的名词以示尊重。他们在跟我聊天时就不停地问，介不介意他们用"农民工"称呼我。

　　有人要尊重我，想了解我，要给我所在的庞大群体一个喜人的标签，我当然不介意。

　　叫我"农民工"也好，叫我"不失足"也不错。

——王二屎《不失足》

"80后"王本松竟然给自己起了一个可能让有些人不舒服的笔名"王二屎"，"二"就是傻的意思，"屎"就不用解释了。

这个名字也许跟王本松赖以谋生的工作有关，他是个一天到晚在工地上打杂的人：刷墙、搬砖、提水、搅拌混凝土……他一度看不到翻身的希望，因为不管做什么，他生存的主战场似乎永远在工地上，只不过一阵儿在长沙，一阵儿在张家界。人随着项目走，等建筑物拔地而起，自己好像又矮了一点儿，被流浪的大风吹往另一个工地。

这是怎样的一种生活呢？工友们喜欢随地吐痰，喉咙里有痰时吐，没痰时也吐，高兴时吐，不高兴时也吐；吃饭时大声说话，说着说着甚至会咆哮起来；大菜盆里放着"公筷"，但是没有人用，每个人到盆里夹菜，用的还是自己的筷子……他们舍得流汗流血，舍得被蚊虫叮咬，舍得用嬉笑和脏话掩藏内心的孤独寂寞，却舍不得吃喝穿戴，舍不得坐公交车，舍不得在口干舌燥的时候买一瓶矿泉水。年轻的王本松曾经问工友们留着钱干吗，他们说要回家盖房子。白领里有"房奴"，农民工里也有，而且更加令人唏嘘。

王本松和工友们相互嫌弃、戒备，可是这样的工地又让他们变得毫无差别。也许只有离开工地，改变农民工的身份，才能成为另一个自己，但是谁敢说离开工地就能活得更好？工地上永远不可能花团锦簇、鸟语花香，有时候连一点儿绿意都见不到。从沮丧到苦闷，王本松不知道自己是不是已经有些老态龙钟了。他有些绝望地说："我找不到比这里更适合自己的地方。"他甚至苦涩地爱上了工地，不管它让人变得多么模糊、符号化和原子化。他的理由竟然是："（工地）多肮脏啊，但是多自由啊；工友们多愚昧啊，但是多真实啊！"

在这里，王本松交不到朋友，他想说的话只能通通咽回肚子里。腼腆的他也很难得到爱情。他曾经和他爱慕的姑娘坐在电影院里，人家在看电影，他却在痛苦地嗅着自己身上的气味，那件衣裳已足够干净，但是他总觉得它散发着水泥味，他始终认为自己还待在工地上。

歇工的时候是王本松最无聊的时候。他慢慢地看起了小说，不是武侠，也不是言情，甚至不是时髦的穿越、玄幻，而是王小波、韩寒、卡夫卡、马尔克斯等人的作品。做包工头的姐夫大概从王本松身上看出了一些书呆子相，说他不务正业、没出息，还嘲笑他是异想天开的傻子——这样看书能娶上老婆吗？他没有争辩，还有什么误解、歧视和委屈不能忍受呢？在外面，他无法活得跟其他工友不一样，但是他想由着自己的性子在内心里活出一点儿是一点儿，不让生活单调得只有水泥色。他想让自己的内心泛出微微绿意，品味出人生的丝丝甜意，也许只有书籍能够帮助他，甚至帮他多出一些反抗的力气。

书看得多了，不知不觉地，王本松从内心深处涌出了表达自我的冲动。他想写作，靠一个一个汉字将憋在生命里的血腥味吐出来，血腥味里面还有他沧桑的青春和孤苦的梦。当姐夫看到王本松开始用手机写小说时，嘲笑变得更加露骨了。王本松忽然明白姐夫一直在试图"控制"他的人生，他默默地反抗着，用最深沉的行动进行"反控制"。他说："我没想通过写作改变什么，只是，如果可以干点儿搬砖以外的有意思的事，我为什么不能干呢？"

他终于将写作变成一种生活习惯，每天下班后会先洗个澡，然后躺在床上，用手机写一两个小时。很多时候，周围太吵闹，他烦得一个字都写不出来，但是他还是愿意忍耐着，尽量多写一点儿。实在不能写，他就到外边跑上10公里，等工地安静下来，再回来举着手机写自己的小说。生活就是这样，有憎恶得恨不得逃离的地方，也有值得回归和坚守的地方。

王本松在《你好美呀，请等一等》中写道："但命运安排我在另一个地方服刑。没有女人，没有一切，那儿只有一群停止干活和赚钱就会虚弱地死去的精神病和一堆停止运转就会很快冷却的机器。"

事情的转机是王本松用手机下载了韩寒的电子杂志，当然，他不会仅仅满足于当一个忠实的读者，他已经多少有些信心向它投稿了。韩寒是王本松的偶像，成为偶像创办的电子杂志的作者会让他很快乐。他的第一篇小说《天仙配》是在长沙一间潮湿闷热的工棚里写出来的，也是在一股股脚臭味和烟味中写出来的。躺在床上，举着手机，2000多字的处女作，他花了两个晚上。小说写成后还没有题目，有个工友打牌时和了，大喊一声："天仙配嘞！"对方的烟灰抖落在王本松的脚趾头上，他嘿嘿一笑，就这样有了小说的题目。这篇小说用自嘲的口吻，像一把小刀那样刻画了农民工真实又残酷的青春，文章发表后，韩寒给王本松寄了稿酬。王本松拿着钱，在最熟悉的外贸店门口来来回回走了20多趟，最终却没有进去，他不敢随便地花掉它。几个小时后，他喝醉了，瘫软在工地附近的河边。后来，他回忆说："生活跟梦境一样。"

这篇小说难道不是从工地的水泥里生长出来的一株植物吗？它尝起来肯定是苦涩冷硬的，但是毕竟还有一点点甜美——再残酷的文学，其中也必有隐秘的甜美，那也许叫作"希望"。有人把"服刑"般的青春写出来，这本身就是一种希望。只是不知道水泥中长出的植物叫不叫"甘蔗"——它多少甜了作者自己，我们就叫它甘蔗也没有什么。

后来，王本松又陆续发表了几篇文章……他突然意识到自己成长了，成长的含义是他对自己产生了满意感，体现在写作上，满意的标准是"得跟别人写得不一样"。哪怕只有这为数不多的几篇小说，我也认为王本松已经活得跟其他的农民工不一样，跟其他的年轻人不一样。至于他能不能成长为不一样的"绿巨人"，我还不知道，但至少知道他终于找到了自己内在的"甜区"，在水泥里种出了几根甘蔗，这是他献给青春和整个世界的绿意以及甜美。

职场很现实，

不存在"没有功劳，也有苦劳"一说，

没有功劳就是没有功劳。

没有功劳就无法产生利润，你的价值就是零。

让别人知道你有多努力

◎ 陈　果

临危受命

休完长假之后回到公司，我接手了一个新项目。这个项目利润非常高，是公司的重点项目，但由于各种原因，原先团队的核心成员包括项目负责人在内，全部都在我上班前的一个月陆续辞职（有的被高薪挖走，也有因为私人原因或对公司不满离职的）。我接手这个项目，也算是临危受命。

这是个好项目，也不算是烫手山芋。但我接手后第一次跟客户接触就发现，客户对我们临时更换团队非常不满。我的领导带着我的团队去跟客户见面，客户反复提起原来的团队。尽管我的领导已经明确表示我的能力不比原来的项目负责人差，但客户还是表示不希望由不熟悉的人来接手，希望我们公司能够尽力挽回原来的团队成员。我的领导直言无法挽回的时候，我也表了决心，向客户承诺一定会把事情做好。

刚离开客户的办公室，公司高层就收到了客户的投诉信。客户质问上海分公司是否有重大变动瞒着他们，以至于团队主要成员全部更换。

在高层的授意下，我拟了回信，并用高层的邮箱发给客户。从此，客户便陷入了沉默。

据我了解，客户之所以会不满，并以公司名义投诉，一是因为原来的团队确实做得很好，二是因为他们没有安全感，他们害怕新的团队不能达到要求，从而影响业绩。既然这样，那么我的团队自然不能比前一个团队差，不然客户的不满只会与日俱增，最终我们会丢掉这个项目。

我和我的团队打起十二分精神做事。销售人员为了拓展客户，连续几天顶着38℃的高温出去派发宣传单，有两个员工因此中暑；策划人员认真对待每一场活动、每一个方案，为了能把方案做得更加完美，连续多日加班到深夜；我自己也在高温天气下撑着太阳伞去跑市场，了解我们的产品与同类产品的差别……再好的防晒霜也没用，照样晒黑了一大圈。

每一份提交给客户的材料，我们都经过深思熟虑；每一次与客户见面，我们都做足了准备。甚至在每次跟客户开会前，我们都在内部开一个小会，把需要汇报的东西和客户可能提到的问题演练一遍，就怕新的团队无法在第一时间帮客户解决难题，给客户不够专业的感觉。

方向错了，一切都是白费力气

然而仅仅服务了 3 周，公司高层就又接到了客户的邮件。客户说，为了保险起见，打算在服务团队里加入另外一家公司。两家公司既可以竞争，又可以相互学习。当我的领导把这封邮件转发给我的时候，我的挫败感很强。领导委婉地告诉我，公司对这个项目非常重视，由于之前团队核心成员全部替换这件事情给客户留下了非常不好的印象，即使我们继续服务，想要取得好感仍然非常难。因此公司决定，这个项目我不必再跟了，公司会派出比我级别更高、更加资深、说服力更强的项目负责人来接手。

公司的决定我无法反对，只好把这个投入了全部热情的项目移交出去。我很遗憾，也一直在反省为什么我们做了 3 个星期的努力，客户却一点都看不到，还会做出这样的决定。客户的心思很难猜，或许有他们内部的原因，但这 3 个星期，我们没给他们留下深刻的、专业的印象，无法取代之前团队在他们心里的形象，也是他们找另外一家公司加入的重要原因。

项目移交之后，团队成员情绪都很低落，毕竟，每个人都努力过了。为了鼓舞士气，也为了总结经验，我便组织大家开会，一起分析原因。

团队成员讨论了很久，有埋怨的，有认命的，也有表决心说下一个项目会更加努力的,然而,没有一个人找到核心的问题所在。直到公司新入职的一个小姑娘弱弱地说:"我们是努力了,但客户不知道啊!他们拿到的一个简单的数据表格,却是我们十多个销售人员花了一个星期一家家跑出来的;他们看到的一份简单的活动方案,却是我们很多个策划人员经过无数次讨论,又连夜加班赶出来的。这些东西在客户眼里,只是一个简单的表格和一份几页的文档,就算做得很成熟,他们也只是认为稍微好一点罢了。他们没看到我们的辛苦,就不会知道我们有多努力。他们的不安全感一直存在,我们没帮他们消除掉。"

小姑娘的话说完,大家沉默了3分钟。是啊,我只知道带着团队努力做事情,却忽略了应该让客户了解我们有多努力,是多么认真地在做事情。那么努力,客户却没有看到,那么所有的努力都等于白费力气。

客户的不安全感太强烈,我们想要做好这个项目的欲望太强烈,从而忽略了事情的根本。

虽然我们也有专业团队去公关,但我这个项目负责人盯内部工作质量的时间过多,与客户沟通、请示、汇报的时间太少。客户只看到我们提交的东西,但对我们的团队印象不够。我们本末倒置了,努力的方向不对。

这都是最基础的职场学问和工作方法。我上了这么多年班,还会犯这样的错误,实在不应该。

让别人知道你有多努力

在工作中，通常会有几类员工，其中一类只知道埋头苦干，在自己的能力范围内尽心尽力做事情，却不知道时时跟自己的领导请示工作、汇报成绩。这样踏实的员工虽然公司领导都喜欢，但由于没有及时让领导知道自己的工作状态，很容易出现方向偏差却无人指导，最终导致结果无法挽回，只能重新来过；就算事情做得很好，也有可能因为领导是职业经理人出身，没有做细节的经验，不了解你在这件事情上下了多少工夫，从而忽略了你的成绩；还有一种可能就是，团队里的人一起做一件事，别人经常请示汇报而你没有，如果对方口才了得，就很容易揽功。

在工作中，我一直尽量避免自己沦为此类员工，跟自己公司领导的沟通也还算紧密。

因此即使公司找了更高级别的团队去替代我，领导也并没有因此过多地怪罪我。然而，我忽略了跟客户多沟通，我的努力没有让该看到的人看到，即使我的领导觉得我做得不错，但因为客户不认可我，一切都是白搭。

换个角度想，如果我的领导没有看到我的努力，而客户看到了，我因此顺利接手了这个项目，那么客户的好评自然会飞到领导的邮箱。我做好了事情，自然就有了功劳。

职场很现实，不存在"没有功劳，也有苦劳"一说，没有功劳就是没有功劳。没有功劳就无法产生利润，你的价值就是零。

不仅在职场，生活中也是这样。我曾经听过一个故事，说一个小伙子跟心爱的姑娘约会，每次都会迟到半个小时。姑娘一开始不说什么，时间久了心生不满。两人发生争吵，而这个小伙子每次都很沉默，姑娘很委屈，投入了别人的怀抱。小伙子很难受，整日买醉，朋友安慰他，他酒后吐真言：每次订好吃饭的饭店，总担心他们做的菜不好吃，自己去厨房给姑娘做菜，因此耽误了时间。

故事很感人，可是，他为什么不早点跟姑娘说？跟朋友吐槽有什么用？没有在正确的时间和地点让应该看到的人看到自己的努力，这样的人，活该做 loser（失败者）啊！

一周一点爱恋

◎ 林特特

好日子应该是井然有序、规律又不断有兴奋点的。

一日，我购置了一套 50 本的丛书。

打开箱子，欣喜片刻，我就开始发愁：书架满了。这意味着我必须辞旧迎新。于是，我拿来梯子，从书架的最高层开始整理，翻开书皮，看看内容，觉得不需要、不会再读的，就往地上扔。

起先，我扔不出去一本。

我翻开它们，唯一熟悉的是看到书名的感觉，"这本值得买""这本是我该拥有的"——完全出于占有欲。

陌生、恐慌、懊恼、自责。

接着，我靠着梯子慢慢审视它们，发现其中大部分都该扔。

有些书，事后证明只是畅销却毫无内涵；有些书，我根本不会用到，除非我把家当图书馆——比如那几本青铜器读物，从入门、辨伪到修复、鉴定，还有一册图典……我记得当初的想法：我如果懂这些该多好！但事实上，买书并不附带自动输入功能，于是，疯狂地买，匆匆地读，或留到日后读。

一边是阅读强迫症，生怕被淘汰，生怕和周围人没有共同语言，持续焦虑，赶紧进入下一本；一边是忘得干干净净，让更多的书在书架上、脑海中蒙尘。

人为物累，物也被辜负。刹那间，我做出决定：以后，一周只读一本书。

忽然，就轻松了。

此后，因为一周只读一本，我对书的选择更精心，阅读压力也陡然变轻，用读好几本书的时间精读一本，思考更多，感受也更深，甚至有空做书摘，写读书笔记。

又一日，我整理衣帽间。

环顾左右，竟生出些羞耻感：即便用了叠衣板，把每件衣服都叠得像一块豆腐干，码成堆，还是没有什么多余的空间。

有的衣服纯属纪念性质，不能扔；有的衣服虽然与此刻的体形不符，但我总觉得自己还会瘦回去，留着就是励志；还有的已经过时，但料子很好，舍不得扔；更多的是，在商场看着好，买回家就觉得不好，干脆放到一边或没穿几次就腻了，从此遭到闲置，如皇上的大多数嫔妃。至于两件白得不一样的羽绒服，灰色掐腰、不掐腰各一件的风衣，赤橙黄绿青蓝紫各有一条的围巾……

一边整理，我一边叹气：我根本做不到当季时把它们轮着穿一遍，何况我还想不断添置新的。

除了衣帽间，鞋柜亦是如此，退休的和在职的数目相当。

我不想放纵自己成为购物狂，也不想戒掉商场、淘宝，我再次瞬间做出决定：以后，一周只给自己买一样东西。

先花一天工夫清理出再也不会穿的，扔的扔，捐的捐，送的送。然后，拿出笔在纸上列出最近想买的非生活必需的东西，按渴望度重新排序。这张单子，我照着买了好几个月——过去，想到什么买什么，卡随时会刷爆，人长久地活在悔意中。

再一日，我和闺密聊天，谈到各自的精神和物质生活。

"一周只读一本"的安排得到了她的充分肯定，她眼中放光，竟做起年度规划："一年精读 50 本，就可以弄一个读书计划——关于某一类问题，5 本或 10 本其实就能基本搞清楚。一年搞清楚几个大问题，这一年就算没白过。"我不住点头。

但一周只买一样东西让她疑惑："能忍住吗？有金额上限吗？"

我解释："起初，每周用完配额后，我百爪挠心，但没多久，便因此收获了对即将到来的日子的热情——我从每周三开始，就盼着下周一快来。"

至于金额，我心里当然有个预算，预算用完，只能克制。倘若连着几周什么也没买，我就在月末买个大件。"我的原则是，哪方面都不亏待自己，哪方面都不逼迫或放纵自己，要学会自我管理。"

"好日子应该是清明有序、规律又不断有兴奋点的。作为一个有家有娃有工作的女人，钱、时间、精力都需要我们精打细算。"

"以前有首歌叫'一天一点爱恋'，我觉得规划生活完全可以'一周一点爱恋'——爱自己也爱生活，将目标分解到一周或一定时间段完成。比如，我现在一周出去和朋友聚会一次，有社交活动，又不至于被饭局绑架；一周只写一篇稿子，好好写，慢慢磨，比每天都写质量要好得多，而且，我更易从中得到快乐。"

我侃侃而谈。

闺密对我佩服得五体投地，随即陷入沉思。

她说起她的烦恼：朝九晚五，按点儿到家后，孩子已快睡了。陪他玩吧，自己很累，他也睡不安；不陪他玩吧，心生歉意。"我不是个好妈妈"的想法总悄悄冒出来，刺痛她。

"那就一周抽出完整的一天，心无旁骛，只陪孩子，随他疯，让他尽兴。"我建议。

"或者，我还可以规划一下，一个月陪孩子参加一次亲子活动，一年陪他去一个陌生的地方……"闺密喃喃道。

祝她好运，也祝我们这些忙忙碌碌、什么都不想错过、什么都想做好的人好运。

没有一份工作会虚度光阴

◎ 穿过流水

好友在前东家苦熬 7 年后，被一家德国公司高薪挖走。之前负责 HR（人力资源）的她，除招聘外，还要管理员工福利、社会保险、绩效核算等模块。7 年来，她每天早起晚睡，像个全能高手，虽不至于样样精通，但对 HR 诸多业务已了然于胸。她去的德国公司在中国区规模不大，待遇甚好，最主要的是人员编制不多，在异国拓展初期，特别需要她这种全能型 HR 来负责相关工作。以后待中国市场全面打开，如无意外，再招的 HR 人员自然全是她的兵。这样看来，似乎前 7 年的付出终有其价值所在。

常听到有人抱怨自己的工作繁重、无聊、缺乏成就感，简直是空耗生命。我却从来不认为这个世界上有一份工作会"浪费时间"，每一份工作都能让人学到很多。

读硕士时的同学毕业后初入公司，发现他老板的人品已经到了不可逆转的地步，除了疯狂地给他们压活儿外，日常工作中，老板对员工去洗手间的时间也有严格的限定。不久，同学因为不满上级的管理方式，不顾前辈劝阻，毅然辞职。在他看来，天大地大，自有安身立命的地方。不料第一份工作的轻易放弃，让他后来找工作变得异常艰难。没有人脉，缺乏积累，在离职后长达半年的时间里，他没能找到一份如意的工作。后来，在亲友的帮助下，他暂时到一家中等规模的私企上班。然而，无论从平台还是前景来说，都不能和先前的公司相比。

相反，留在高校做行政的同学，上班时工作内容琐碎而平庸，她便利用业余时间去跟班听课，联系导师，考取博士。博士在读期间，通过努力，她和别人合作在国际知名学术期刊上发表了两篇文章，毕业后顺利转岗，当了讲师。不仅如此，她还利用空闲，为学校操办了校刊的改版和各种晚会，深得领导赏识，并赶在新一轮房价暴涨前添置了新房，可谓事业和投资双赢。

这便是工作的价值。倒不是说当老师一定有多么好，但能够利用工作机会得到提升，自然是有所收获。更何况，她的个人生活亦得到了理想的兼顾。

公司里新来的博士，美国名校毕业，自视甚高，目空一切。对于上司安排的任务，他总是能敷衍则敷衍，草草对付了事。可能在他眼里，他沉默寡言的上司比较好忽悠。直到年终评估，他得到了很低的评分，被予以警告，他的老板才对我们说："这孩子做事总挑容易的，让他查个资料，他简单查一下就说网上没有。我去一找，什么都有。"看吧，老板没有不知道的事，只是从来不点破而已。如果没有两把刷子，老板能坐到这个位子上吗？

在我刚工作时，以为外企在礼数上比较随便，每每在走道上遇到领导，总是能避则避，即使擦肩而过也从不主动打招呼。

过了很久，在我调去另一个部门后，才从其他同事那里得知，前老板对我的态度一直不咸不淡，即使我表现再好，也绝口不提升职，正是因为感觉我不尊重他。

我想，没有教训，我们不会是今天的样子。曾经的骄纵不羁和躁动不安，在磕磕碰碰中均一一消散。也许，性格中尖利的部分被磨平并不可怕，圆润的人生才是最美好的平淡。

华年流转，大家在工作中得到成长，无论是老板，还是每个员工。我们在工作中学会忍耐、勤奋、踏实、礼貌、守时和对专业的敬畏之心。同时，再把工作中培养的专业精神，潜移默化用到生活中去。至于那些沉淀在职场里的伤害，一旦过去，回头看仅仅是虚惊一场。曾经的纠结和失落，无不是成长所必须付出的代价。亲爱的同学，你终会懂得，花在每份工作上的时光均不会白费，它们会默默投影在未来的日子里，冷暖自知。

有一天，

当郭芙蓉回到家，过起自己的小日子，

她会想念佟湘玉对她的帮助吧，

如我想念你。

不忘初心归去 /

当郭芙蓉想起佟湘玉

◎ 林特特

就这么成了她的兵

5年前，我在单位的走廊里碰到兰粟粟。

她精神抖擞，穿一件黑色皮衣，走起路来生风，像一颗随时准备冲锋的子弹。那时我在总编室做行政，和她的第一次接触就是用扫描仪帮她扫图片。

半年后，一次职称培训，我和她坐在最后一排聊天。

她一面听一面点评，俨然业内资深人士的意见让我频频点头。课间休息，我和她谈起我想过的几个选题，她歪着头，一手托着腮，对我说："我试着要要你吧。"

在此之前，是我人生的迷茫期——在这家以古籍影印起家的老出版社，学近代史的我无所适从：句读、通假、异体字，弄得我头昏脑胀；地方志、琴谱、各种经卷，整理编校的过程让我感到晦涩枯燥。

总编室的工作也让我烦恼，每一天都很忙，年终总结时却不记得做了什么、学到什么。而兰粟粟是社里引进的人才，以做文史类畅销书见长，去她的部门，对我来说是机遇，更是挑战。

我就这么成了她的兵。

用最直接的办法解决问题

她对下属要求极严。

每个周一，我们几个捧着小本子坐在她面前挨个汇报工作，她在笔记本、日历上边听边写边做标记，看似漫不经心，实则全神贯注，有些事，你刚想含混过去，她已猛地抬头："那个什么好像还没完成？"你若不给她一个合理的解释，便会被诘问："为什么效率这么低？"继而上纲上线，"什么叫职业精神？"

被训过几次，我便学乖了。后来，我们分开时，她曾提起对我最初的印象，"聪明，但散漫"，她说这话时，我已从某种程度上变成了另一个她——直至今天，我仍保持着她留给我的习惯：每个早晨列出当天要做的事，再按重要程度重新排序，做一件画一个勾，勾画完才意味着今夜好眠。

她做事直接，并教我直接。

一日，我和一位作者通电话，我说，你可以模仿"某某"——"某某"是我的文字偶像。

电话打完，兰粟粟已立在我身边。她说："如果你喜欢他的风格，就直接联系他，而不要试图找人模仿他。"

"可人家是成名的作家，会搭理我吗？"我忐忑。

"不试怎么知道，"她斩钉截铁，"要学会用最直接的办法解决问题。"

我几乎被逼着写下平生第一封约稿邮件，在邮件中，我"直接"表达了仰慕之情："读书时，我每晚看您的文章入睡，当编辑后，我的职业目标就是做您的责编。"

我不抱希望，但第二天就接到回信。

他说他被我感动了，在之后的交流中，他表示，有多部书稿可以与我合作。

他与我合作的第一本书就获得了当年的国家级图书奖项。"直接，要多主动就多主动。"初战告捷，我满怀欣喜冲进兰粟粟的办公室，她就关于如何当编辑对我总结。

职业精神

那段时间，我们非常忙碌。

每个人同时做几本书，每本书从无到有——市场调查、策划、约稿、编辑，盯排版、设计，和印制、发行方沟通及后期宣传都由责编一个人完成。

就在那时，我学会如何最有效地工作。兰粟粟自己动手制了一张表，关于工作流程，精细到每一天该干什么。这张表广为流传，传到我的案头，同时做几本书的责编时，我甚至能精细到每个小时该干什么，一旦有一两个小时的空闲，便和她一样实行"自我奖励"，逛街、购物、喝茶、唱歌……不知为何，忙里偷闲的快乐竟大过真正的、纯粹的闲暇。

那段时间，办公室里总是充满欢声笑语。我们突然都变成宿命论、星座论者。

在有神秘主义情结的兰粟粟的带领下，我们一起听据说能看见前世今生的音乐，每天关注星座运程，一有犹豫不决的事，首先做的是去测字……

许多日子后，我和阔别已久的她坐在一起吃饭，提及各自近期的状态，均言必称"苏珊·米勒""水星逆行"，不由得相视大笑。

其实，那段时间，我们不是很顺。工作做得好，不意味着就能得到承认，尤其是在一个论资排辈、怕改革、怕新鲜事物的老单位。

来自上层、来自周围的种种言论变成实质性的干扰和阻碍，对此，我至今感激兰粟粟的应对方式，因这方式最终变成我面对逆境时的态度。

她还是那句话，"要有职业精神"。

她总是说，事情要像它该有的样子进行。所以，即便没有人支持你，甚至总有人反对你、攻击你，你仍要按时按质完成你的工作，因为那是你在工作。"卖大白菜，我也要比别人优秀。"她在稿子上圈圈点点，突然扔了红笔。

她把自己变成一个品牌。

一次图书订货会，我在现场，有江浙的订货商赶来，只因"听说兰粟粟在这里"，而这些人追随着她，从 A 社到 B 社，已十来年，不认社，只认她。

最不顺时，她开始写作，"别让自己闲着"。

那时，正热播电视剧《士兵突击》，她号称"突迷"，在百度贴吧连载她家里几个老兵的故事。打开办公室门，外面是血雨腥风、各部门的混战；关上办公室门，她绘声绘色、眉飞色舞地告诉我，今晚要写到哪一章。

等我最终决定离开，转行去报社时，兰粟粟也找到新去处，那是她事业的一个新高度。

临别，我说出版是微利，没有理想的人坚持不下来。她不理我这茬儿，只动情地说："你们都走了，都离开这行了，就剩我一个人在这儿奋战。"

她送我一本书，正是最不顺时，她闲来涂笔最终成集的小说，书名叫《我和我的兵》。

若干年后，我在电视前欣赏由这部小说改编成的电视剧《葵花怒放的声响》，剧中人念着她写的台词"永远争第一"，我笑笑，又想哭。"卖大白菜，我也要比别人优秀"，其实后来我也一直这么想。

当郭芙蓉想起佟湘玉

我还是哭了。

一个朋友要出新书，就如何宣传，带我和她的责编见面商讨。

我们讨论了几种方案，我掏出小本子，翻到电视台、电台、各报纸书评版编辑及做易拉宝、海报的人的联系方式，又找出一张纸列一二三四、时间节点、谁来负责。那位编辑由衷地说："在我们单位，我只管看稿子，没人教我这些。"这话的背后，我看见她的不自信。5年前，我便是如此。

我才知道自己受教之多，不只是技术、内容，更是思路、行事方式，是兰粟粟常说的"职业"带来的胸有成竹。

我喜欢这样的自己。

那晚，我打车回家，车行驶在高架桥上，月亮又大又圆，我离它很近。

我忽然泪流满面，我知道今时的我由谁重塑。

我发了一条短信给兰粟粟："有一天，当郭芙蓉回到家，过起自己的小日子，她会想念佟湘玉对她的帮助吧，如我想念你。"

六十学写字，七十来写书

◎ 刘　燕

"你们就捧吧，可把我捧上天了——我可不就是坐飞机来的嘛！"76 岁的姜淑梅满头银发，眼睛亮得出奇，一口地道的山东话爽朗大气，红色羊毛衫在冬日暖阳中分外耀眼。

一瞬间，我被她给迷住了。

2013 年 10 月，姜淑梅老人出版了《乱时候，穷时候》，讲述了自己大半辈子的人生经历。这本书出版后一个月内加印两次，发行量在持续低迷的图书市场可谓畅销。

老人出书或许不算稀奇，但很难想象，姜淑梅是在 60 岁那年开始学习认字，真正拿起笔来学写字已是人生七十古来稀了。刚能把方块字横平竖直地写出来，就出了一本业内和市场反响都很好的畅销书，老人的成长速度，让很多专业作家望尘莫及。

听老人讲故事

1937 年，姜淑梅出生于山东省巨野县百时屯的一个地主家庭。在她小时候，胡子、鬼子、国民党中央军轮番在百时屯进出。扫荡、拉锯战，这些她都经历过。10 岁时，她跟着家人去济南逃难，住难民所，中华人民共和国成立后才回到百时屯。

这是一个有故事的人，她把自己的故事都写进了书里。

在动荡的年代，死人是正常的事情。胡子、鬼子的刀枪无眼，穷人连捡弹皮卖钱都可能被炸死炸伤。人命不值钱的年代，总有人格外凶残。看着姜淑梅在书中不动声色地讲述"死亡"，总能让人倒吸一口冷气。在姜奶奶的时间纪元里，这是"乱时候"。

"穷时候"的开篇是《登记》。对姜奶奶而言，出嫁不是幸福的开始，而是苦难的继续。结婚之后马上就经历了挨饿、大跃进，与整个中国的大时代同步。后来，姜淑梅跟着丈夫"跑盲流"到了东北，做了家属工。

到东北后，厂里给发粮票，到月就开支，姜奶奶可知足了。夫妻俩住的是没有门窗的宿舍，宿舍区有 13 个孩子出麻疹，除了她儿子，另外 12 个都没了，就像花朵一夜之间落满地。后来她家搬进 10 间房子的大宿舍，宿舍只在东西两头各开了一个门，两边都是大炕，每铺大炕上挤挤挨挨住了 20 多个人。晚上得平躺着睡下才行，要是侧身睡会儿，再想平躺就难了，旁边的人早把这点儿地方占了。用现代的眼光看，这算是那个年代的"蚁族"和"蜗居"了。

生了第二个孩子，她只休息了4天，就开始趁这段时间挣钱。她用土法把碱土熬制成纯碱，这是体力劳动，相当辛苦。一个月子里她熬碱挣了200多块钱，却只舍得吃了6个纯玉米面的大饼子，吃得最多的是甜菜叶子。

就靠着"宁可累死在东北，不能穷死在东北"的这股狠劲儿，姜淑梅在东北扎下了根。

与老太太聊天，她总能颠覆你的想象。

她没上过几天学，做了20多年家属工，其中10年是装窑的重体力劳动，之后养奶牛也是起早贪黑，老太太该是两鬓苍苍十指黑吧？可她满头白发一丝不乱，脸盘圆润，神态慈祥而坚定，特别好看。

老太太会不会怯场？要知道，平时再放得开的人，在陌生人、录音笔、摄像机的跟前，都会觉得手脚没地方放，紧张得语无伦次。可是姜奶奶依然高声大气，讲故事、开玩笑，中气十足，时时有笑料。

一辈子如此艰难，一般人早被生活压弯了脊梁，变得逆来顺受或是随波逐流，老太太却偏偏很有"公民意识"。至今，讲起当年因为卖碱被人冠以"投机倒把"的罪名，她都理直气壮："俺从土里熬出碱来，这叫自力更生。俺一点儿错都没有，他声儿再大，俺也不害怕。俺要是犯法了，他不用使大声俺就害怕了。"老太太还很有女权观念："那个年代男人不把女人当人，女人也不把自己当人。"

谈兴上来了，她开始讲她婆家爷爷的故事："他去集市上卖牛，下午回来，带回半块瓦。家里人问，牛呢？他说，牛卖了，到下集凭着这半块瓦和一句话，就有人给钱了。这句话是啥呢？'你这瓦是在哪儿弄破的？是在磨盘上弄破的。'家里人都很担心啊。到了下一集，我婆家爷爷老早就去了，看到有人推着个小推车拿着那半片瓦来了，小推车里装的，都是铜钱。"老太太喝了口水说："这都是准备写到下一本书里的内容。"看，下一本书的内容都想好了！

乌鸦变俊鸟

1999 年，姜淑梅的大女儿张爱玲出了一本书，她请给过她帮助的人签字留念。爱玲把大家写的话念给母亲听，并让母亲也签个名。姜淑梅琢磨到半夜，想出了几句话："本是乌鸦娘，抱出金凤凰。根是苦菜花，发出甘蔗芽。"姜淑梅说，没想到，乌鸦娘临到老了，居然也变俊鸟了。

姜淑梅小时候也曾上过几天学，后来因为战乱，学业中断，几十年里再也没有读过书。1996 年，与她相濡以沫 40 多年的丈夫意外去世，这成了她迈不过去的一道坎儿。

为了帮她调整心情，爱玲建议她学认字。姜淑梅很好学，除了女儿，身边的孩子、街上的行人都是她的老师，牌匾、广告、说明书、电视字幕都是认字教材。几个月时间，她就能读幼儿故事了。不认识的字她就猜，猜不出来就问女儿。

她看《一千零一夜》，既是看故事，也为了多认字；又看"鲁迅文学奖"获奖作家的书，她最喜欢作家乔叶，因为"细节真细，跟真事似的"；开始写作后，她跟着女儿看莫言的书，看过《天堂蒜薹之歌》《檀香刑》和《蛙》，她说不喜欢《红高粱》，只看了一半，因为嫌"絮絮叨叨"。

她对读书和读书人有着天然的羡慕，总想为女儿爱玲做点什么。她就给爱玲讲有趣的故事——在她朴素的观念里，这些都是很好的写作素材。爱玲太忙，这些写不出来的故事堆积起来，让姜淑梅很失望。爱玲就说："你自己写呗！"

自己写？姜淑梅可真没想过。她当时只认识字，还没写过字呢。忐忑中，她接过爱玲递过来的两支铅笔、一块橡皮、一沓单面用过的纸，开始写字。70多年没怎么握过笔，手直哆嗦，横不平竖不直，一天写不出两句话。

就这样写了十几天，手不哆嗦了，横竖也比原来平顺了。张爱玲告诉姜淑梅："你可以写作了，想写啥写啥。"

姜淑梅就这样走上了她的写作之路。

姜淑梅喜欢跟人拉呱儿，也善于讲故事，她下笔没废话，直接讲有意思的故事。爱玲只是告诉她："你是给陌生人讲故事，不能想到哪里写到哪里，要从头讲。"

到这时候，不会写的字已经不成问题了，姜淑梅不会查字典，就到处找字，戏剧频道字幕大，看得清楚，是她经常用的"字典"。

爱玲也帮她把落下的空格补上，再工工整整写到一个软皮本上，这是她的生字本。

为了哄老娘开心，张爱玲把母亲写出来的文字敲出来，贴到自己的博客上，注明作者，她的作家朋友都说好。爱玲把评论读给她听，娘俩都很开心，但谁都没想到这些文字能发表，能出书。

就这样，"乌鸦"变成了"俊鸟"。与凤凰涅槃不同，姜淑梅的作家之路并不痛苦，而是一个自然而然的过程。人生经历、讲故事的能力、作家女儿的指导，凑到一起，注定她会在76岁的节点上，写出这样一本书。

女作家的生活体验

现在的姜淑梅有三大爱好：写作、唱歌、弹琴。站在央视灯光璀璨、座无虚席的演播大厅，姜淑梅毫不怯场地唱了首《沂蒙颂》，声音响亮，神情认真。

老太太就是这样一派天真，毫不做作。出书后她面对了人生的无数个第一次：第一次接受采访，第一次化妆，第一次上电视……

她都从容自若，大气淡然。她告诉央视的化妆师："长这么大没化过妆，俺准备年前不洗脸了！"化妆间里一片笑声。

2011年，74岁的姜淑梅回了一趟山东老家，毕竟年纪大了，她当时觉得这是她最后一次回老家了，于是一口气在老家住了3

个月。出书后，她对书中提到的家乡的人和事有了很多疑问。带着这些问题，姜淑梅于 2013 年 10 月又专程回了一趟老家。现在，她觉得应该经常回老家，多去"上货"，给写作积累素材。出了书，老太太就像得到了重生。

每天早上三四点钟，老太太就起床开始写作，勤奋程度让爱玲一再惊叹。她写字很慢，"姜淑梅"三个写了无数遍的字，平均写一个要 10 秒钟。她就这样趴在靠垫上不停地写，写出了这本《乱时候，穷时候》。

老太太从巨野百时屯出发的生命历程，越走越闪光。她眼神明亮，手掌温暖，看着她穿着黑色及踝大衣走在落满梧桐叶的路上的背影，一群年轻人惊叹："真美！"

就像央视《读书》栏目主持人李潘说的那样："见到姜奶奶，老似乎也没那么可怕了。"

唯一可以安慰那些拼搏了但没有成功的人们的一句话，
或许是泰戈尔那句著名的诗句：

"天空中没有翅膀的痕迹，而我已飞过。"

时间悄悄的嘴脸

◎ 翟　南

　　"时间悄悄的嘴脸"，这是一位维吾尔族作家阿拉提·阿斯木最新长篇小说的名字。

　　阿拉提·阿斯木讲了一个关于宽恕的故事。一说到宽恕，很多人都会想到宽恕别人，其实宽恕最通常的意义是宽恕自己。换句话说，就是不再跟自己较劲了，那样太累，放下吧。原谅了自己，也就能原谅别人。

　　作为一个家有老母妻儿的大龄"北漂"，吴爱国常常盯着北京阴霾的天空自问，是不是应该原谅自己的无能，回到那个南方的小城市，四平八稳地过日子。他每天在地铁的洪流中如同机器人一般穿梭往来，孤苦伶仃地在几平方米的斗室蜗居，只有在夜深人静时才敢放胆想念家人和朋友，何必呢，何苦呢？

　　在30岁之前，吴爱国说他经常听到一句话：再不拼搏就老了。

这个声音不是来自外界，而是源于他的内心深处。经过无数次的困顿挣扎，最终他还是痛下决心，走向北京。他没想给世界一个奇迹，只是想给自己一次机会。这样，至少老了不会后悔。

吴爱国的梦想是做电影。这个行业，只有北京充满无数机遇，也汇集无数人才。

那一年，他已经34岁了。

一下火车，吴爱国立刻被北京一眼望不到边的阴霾天给整蒙了。往日吴爱国只要出差来京，都会莫名兴奋，总觉得北京就是属于他的城市，他必定能在此大显身手，出人头地。但现在，坐在拥挤的公交车上，穿过十里长街，看着以前那些做梦都会梦到的建筑，吴爱国突然觉得，这个地方好像和他关系不大。

吴爱国重新回到十年前毕业时那种一无所有的状态之中，在这里，他人生地不熟，记忆中的北京早就变了样子，原来在职场积累的人脉也无用武之地。吴爱国花了两个月找到一份薪水不高但时间相对自由的工作，薪水只够他付房租和维持日常生活，甚至都无法贴补家用，但这已经算是相当幸运。最幸运的是他遇到了我，和我一起合租了4年的哥们儿正好撤离，四处寻找住处的吴爱国填了这个缺。不管怎么说，来到北京首先要在这个城市站住脚，他的第一步实现了。

可接下来想要进入朝思暮想的电影圈，吴爱国就有点找不着北了。这个圈子远比他想象的复杂、混乱和残酷，以他直爽单纯的性格很难进去，进去了也很难出头。

在与时间的博弈中，吴爱国埋头于剧本创作。他写和他一样的小人物，没有出头之日，在岁月的长河里被生存抛来掷去。

没人需要他的剧本。被打了鸡血一样的中国电影，要的是商业，更商业。

为什么不变个思路？吴爱国笑笑说："不会了。"他的脸上满是与年龄不相称的皱纹。

上个月，吴爱国在大学同学毕业10年聚会的酒桌上，看着不少已经"成功"的昔日同窗，喝了个烂醉。他醉眼迷离地听不少人好心劝说："回去吧，你的根不在'帝都'。每天见不着老婆孩子，还和一帮叫你大叔的半大小子、姑娘争抢，累不累啊。你都多大了，人生最重要的是生活质量，整天活在梦想里有啥意思？"某个瞬间，吴爱国觉得这些人说的并非一无是处，自己眼看就"奔四"了，还啥都没有，老婆想买辆普通的车都拿不出钱来，这不都是"梦想"惹的祸吗？电影是随便一个人想拍就能拍的？他就没这个命啊，再这么耗下去，弄不好老婆都跟别人跑了。

那天晚上，吴爱国做了一个梦，他梦见一头凶猛的怪兽冲着他龇牙咧嘴。他瑟瑟发抖，拿着一根堂吉诃德的长矛一点一点接近它，怪兽将他连矛带人一起提溜到自己眼前。吴爱国大声呼救，四周荒野一片，无人搭理。怪兽冲他喷着鼻息，在把他抛进自己嘴里之前无比轻蔑地说了四个字："努力，奋斗。"吴爱国猛地坐起来，发现自己完好无损，只是大汗淋漓。北京的天气真是太热了。

这个梦太有象征意味了，甚至像是一个暗示。"努力，奋斗"，影迷们都知道，这是周星驰的经典之作《喜剧之王》的开场镜头中，星爷面向大海喊的一句口号。

这句口号激励了无数年轻人将青春和汗水耗费在实现梦想的征途上。但梦想真的过了期限，无法实现时，是仍旧一往无前、永不停步，还是立刻悬崖勒马、回头是岸？

吴爱国在最后也没有给我们共同的问题一个答案，他只是说："实际上拼不拼搏我们都会老。选择拼搏，只会让人老得更快。即便是这样，也是痛快的。"这句话让我们更加惺惺相惜。

唯一可以安慰那些拼搏了但没有成功的人们的一句话，或许是泰戈尔那句著名的诗句："天空中没有翅膀的痕迹，而我已飞过。"

我深深希望，像吴爱国这样的"北漂"一族，当然也包括我，在经历万千挫折，最终也无法证明每一个梦想的价值时，还能勇敢地继续好好生活。

天堂在眼前

◎ 程　浩

　　他是新浪微博和豆瓣上的"伯爵在城堡"，是知乎网站的"程浩"，他的个人简介是"职业病人，业余书虫，爱好姑娘，特长吹牛"；他是靠鼠标一个个点拼音打字的人，但已经可以收获稿费；他对于"你觉得自己牛在哪里"问题的回答在知乎网站有一万多人点"赞"……2013 年 8 月 21 日，程浩去世。愿他此去得享安宁，远离病痛。

　　我自 1993 年出生后便没有下地走过路，医生曾断定我活不过5 岁。然而就在几分钟前，我还在用淘宝给自己挑选 20 岁的生日礼物。

　　在同龄人还在上幼儿园的时候，我已经去过北京、天津、上海等大城市的医院；在同龄人还在玩跷跷板、跳皮筋的时候，价值百万的医疗仪器正在我身上四处游走。

我吃过猪都不吃的药,扎过带电流的针,练过神乎其神的气功,甚至还住过全是弃儿的孤儿院。在那孤独的日子里,我身边全都是智力障碍的儿童,最寂寞的时候,我只能在楼道里一个人唱歌……

20 年间,我母亲不知道收到过多少张医生下给我的病危通知单。厚厚一沓纸,她用一根 10 厘米长的钉子钉在墙上,说这很有纪念意义。

小时候,我忍受着身体的痛苦;长大后,我体会过内心的煎熬。有时候,我也忍不住想问:"为什么上帝要选择我来承受这一切呢?"可是没有人能够给我一个回答。我只能说,不幸和幸运一样,都需要有人去承担。

命运嘛,休论公道!

近些年,我的健康状况日益恶化,住院的名目也日益增多,什么心脏衰竭、肾结石、肾积水、胆囊炎、肺炎、支气管炎、肺部感染等等。我曾经想过,将来把自己的全部器官捐献给需要它的人,或用于医学研究。可是照目前来看,除了我的眼角膜和大脑之外,能够帮助正常人健康工作的器官,真的非常有限。

我最遗憾的事情是没有上过学,当然,遗憾的原因不是什么"自强不息"的狗屁理由,而是遗憾不能像正常人一样交朋友、认识漂亮姑娘、谈一场简单的恋爱。但是就像狂人尼采说的,"凡不能毁灭我的，必使我强大"，正是因为没有上过学，我才能有更多的空闲时间读书。让我自豪的是，我曾经保持过一天 10 万字的阅读量。虽然我不知道自己为什么要读书，但是，我觉得这是认真生活的表达方式。

我不是张海迪女士那样的励志典型，也不是史铁生老师那样的文学大家，我只是一个普通的"职业病人"。但是我想说，真正牛的不是那些可以随口拿来夸耀的事迹，而是那些在困境中依然保持微笑的凡人。

以前我想，如果有一天我拥有了正常人所拥有的一切，包括健康，可能我就不会像今天这般对生活如此认真。生命之残酷，在于其短暂；生命之可贵，亦在于其短暂。假如有一天，我成为不死不灭的存在，那一刻，我猜自己也会陷入空虚与散漫的漩涡之中，虽生犹死。

我觉得我只是做了自己该做的、能做的，仅此而已，没什么值得大家学习的。从小到大，我最讨厌别人给我贴什么"身残志坚""自强不息"这样的狗屁标签。看似是表扬，实则是歧视。活着，是每个人的希望；活得好，是每个人的欲望。这是每个活着的人（无论健康与否）都应该做到的，这样的事情是不值得拿来夸奖的。难道因为疾病，每个人就要活得垂头丧气、萎靡不振吗？

几天以前，小熊给我写了一封信。她问我，一个人活着到底有什么意义，我们为什么要忍受那么多痛苦？

我没有回复她，因为我无法解答她的问题。换作过去，我会告诉她："活着什么也不为，就是为了活着本身而活着。"这是余华在《活着》一书中的观点。可是，并非所有人都能如我一般，将"活着"作为一项伟大的事业。更何况现在，连我都对这个观点产生了质疑。正如书中描述的，亲人会死去，朋友会背叛，梦想会破灭，信仰会崩塌，将"活着"的希望寄予其中任何一个都是靠不住的。然而，生命终究不是一粒尘埃，不可能在真空的世界里随意漂浮。它是一粒沙子，在汹涌的海浪中挣扎，在愤怒的烈火中灼烧。它无能为力，却不是无所作为。我们被一种无形的力量牵引，带着迷茫和麻木，奋力向前。

但是，这种力量究竟是什么？

昨天夜里，在我痛苦万分的时候，我又开始重新思考这个问题。我想起老妈曾经说过的一句话："你咽下的药、扎过的针、吃过的苦、受过的罪，不都是为了活着吗？你若是畏缩了、胆怯了、不想活了，那从前吃过的苦就白吃了，受过的罪就白受了，所有付出的代价都变得毫无意义了。你甘心吗？"

是的，我不甘心。这种感觉就像你问我为什么要写作一样。我会挽起袖子给你看，手臂上有长时间写作压出的、无法消散的瘀青。我未必能成为一个作家，未必能写出让自己满意的作品，但是我必须坚持写作这个行为，因为我不想让自己身上的伤痕变得毫无意义。看着这些瘀青，我就能想起曾经的日日夜夜，想起曾经的自己。若放弃写作，就是对之前付出的一切表示否定。

也许，人们的坚持往往不是因为相信未来，而是他们不想背叛过去。

梦想如此，活着亦是如此。

我总是幻想，人间就是一条长长的大路，每个人都是一只背着重壳的蜗牛，壳里装着理想、誓言，以及所有关于过去的执念。我们在路上爬行，寻找传说中的天堂。能够坚持到底的人很少，半途而废的人很多，但无论是坚持还是放弃，这两种人活得都不轻松，那些坚持的人，哀叹希望的渺茫，那些放弃的人却已经失去了希望。

也许我们无法明白"活着"的意义，但是我们已经为"活着"付出了太多代价；也许我们无法实现自己的梦想，但是我们已经为梦想流下了太多泪水。我们能做的，仅仅是在这条路上走得更远，绝不能回头。天堂未必在前方，但地狱一定在身后。

程浩微博摘录：

想过上最好的生活，就一定会遇上最强的伤害。这世界很公平，你想要最好，就一定会给你最痛；你想体会特立独行的潇洒，首选就要失去平凡淳朴的欢愉。"特立独行"就像是绝路上的一座桥，行走于桥上之人，早已被命运逼向绝境。

就算你是天才，也要把自己当成一盘"弱菜"。

这样，

即便来不了风清扬，至少还会有南海鳄神。

风清扬不会在你背后出现

◎ 王　路

大概在我 5 岁的时候，我爸给我讲了张良与黄石公的故事。我听得心潮澎湃，觉得这世界上的每一个犄角旮旯里都可能有神一样的存在。

那天晚上，我买了一个烧饼，边吃边在外面玩。跑过一个屋角时，一位衣衫褴褛、蓬头垢面的老头儿钻了出来。他用深邃的眼神盯着我看了一会儿，咧嘴笑了："小孩儿，来，把你的烧饼给我咬一口。"我脑子里瞬间闪过黄石公的影子，于是毕恭毕敬地走上前双手把烧饼递给他。他啃了两大口后把烧饼还给我。我摇摇头："都给你吃吧。"他笑笑说："真是好孩子。"然后从屋角消失了。

第二天，我准时等候在那里，他没有出现；第三天，我提早等候在那里，他还是没有出现；一连数天，我都去那里，他却再也没出现过。

读初中时我迷上了金庸，常常幻想哪天能得到异人指点，或者在神秘的地方捡到武功秘籍。我每个周末都会往田野或丛林中那些偏僻的地方跑，或者沿着一条无人走过的河道顺流而下。我很早就懂得这个道理：人越多的地方，秘籍出现的几率越小。

去乡下时，我总是探索竹林深处、枯死的树洞或坍塌的小石桥下，可从未发现过秘籍。

我也常在无人的时候练自创的武功，但风清扬从来没有在我背后突然冒出来过。

我知道自己天资浅、根底弱，所以从小就梦想能得到异人传授、高人指点，似乎那是让自己变成一个厉害的人的唯一途径。至少在当时，我穷极想象也想不出更好的可能。

其实不是想不出，是没有比这更便捷的途径了。自己练？练上一百年，顶不上名师传授一句话。

读大学时没有那么傻了，我知道风清扬是不会出现的。我长成这个样子，风清扬是不稀罕对我动念头的，能对我动念头、想收我为徒的，恐怕只有南海鳄神了。而且，都是学生去找老师，没有老师来找学生的道理。

那时候我弃武从文，开始写诗，偶像也从令狐冲变成曹雪芹。

大一时，一个教授、博导到我们学校开诗词讲座。我在网上看了他的简历，很崇拜。那天晚上正赶上英语考试，我草草蒙完，交卷赶过去时，讲座已经到了提问环节。我紧张地举手，结结巴巴地提问，坐下后怅然若失。我忍不住把自己写的诗在纸上抄了一首，跑上讲台拿给他看，请他批评。他说："看诗太麻烦了，回头再看吧。"过了几年，一次开会遇见他并作了自我介绍，他赠了我一本他的诗集，还在扉页写上"王路学弟惠存"的字样。我虽然天性愚钝，但好歹也抛掷了几年心血，那时候的诗作比之大一像模像样了不少。再打开他的诗集读，老实说，感觉没我写得好。

一次在火车上，邻座小伙子对我说："读万卷书不如行万里路，行万里路不如阅人无数，阅人无数不如名师指路。"我呵呵一笑。

对我而言，梦想"无崖子在一盏茶的工夫把自己七十余年内力传给虚竹"的少年时代已经一去不复返了。不过，也许他还如我当年那样幻想。年轻真好。

我越来越明白，并不是人越多的地方秘籍出现的概率越小，而是秘籍根本就不存在。

要想得到 70 年的功力，唯一的办法是活上 70 年并经受 70 年的磨难。佛经上说，菩萨完成所有阶位的修行之后还需要经历三大阿僧祇劫才能证得圆满佛道。阿僧祇，是 10 的 56 次方。

名师根本就不是某个人，而是打铁时的每一次淬火和锤锻，你要剖开心、滴出血才能看得见。永远不要祈求顿悟的法门，顿悟从来不是给"弱菜"准备的。就算是慧能一样的利根器者（佛教用语，有慧根之人），听了弘忍说法之后，也在丛林中磨炼了十几年。

想寻求方便法门时，不妨先自问一句：长成这个样子，风清扬会突然在我身后出现吗？

就算你是天才，也要把自己当成一盘"弱菜"。这样，即便来不了风清扬，至少还会有南海鳄神。

也是杜拉拉

◎ 麦　娅

杜拉拉是什么样子？

名牌时装、精致行头、空中飞人、会议狂人……

其实没那么光鲜，更没有那么恐怖，杜拉拉也普通如你我：名牌与地摊货混搭，快乐与烦恼相生，希望与沮丧同行；20 岁时幻想，30 岁时纠结，40 岁时从容，如果被岁月恰到好处地发酵，或许能修炼成一杯好茶或者一壶好酒，消耗着，沉淀着，渐渐拥有了自己的味道。

面试

两年前，我来到这家世界 500 强快消品公司，与其说艳羡 500 强的光环，毋宁说折服于它那一整套严谨甚至苛刻的面试流程。

先是猎头公司面试了两次。第一次是简单介绍。第二次，猎头经理模拟公司主管，连珠炮般甩出好几个问题，有一个我印象特别深刻："在你看来，我们公司的吸引力在哪里？"我由衷地回答："美丽与健康，这是所有人的终极梦想。"之所以这么说，是因为这家公司的企业理念便是如此——与企业文化步调一致，总不会有错吧？没想到猎头公司经理严肃地提醒我："你以为这是一家养老公司吗？这只是一个企业的口号，别做梦了，企业是让你来打工的，不是让你享受美丽与健康的。专业回答永远不谈理想，只谈职业发展与定位。"

过了猎头这关，终于有机会接触公司层面，一睹庐山真面目了。本以为会轻松一些，哪想到也是关卡重重。先是人事主管，然后是经理，再然后是总监。通常到了总监这一关已经是十拿九稳了，可是没想到却接到另外一个通知，要求先为部门完成一期活动文案，测试专业程度如何。看来 500 强果然务实，不拿钞票开玩笑，所以说如果机会从天而降，没有准备也一定兜不着。

面试之初的希望如星星之火，随着一步步深入，渐成燎原之势。被这股热情激励着，我终于漂亮地完成了任务。很快人事主管的电话打来了，声音一改冷冰冰的腔调，竟如姐妹般亲热："亲爱的，恭喜你，可以来拿 offer 了。"事后与猎头公司经理聊天，他打趣道："怎么样，过五关斩六将还是特别有成就感吧？看来以后 HR

要把面试流程规划得更加严苛，这样更能广纳优质人才。"

就这样，32 岁那年，我从媒体行业转型到跨国公司。朋友们纷纷打趣："哟，成了杜拉拉了，只是老了点。"

行头

杜拉拉通常怎么装扮呢？

上班第一天，我对于着装着实费了一番脑筋。没有选择职业装，因为不想显得太过庄重，当然，休闲装也不好。当时是春天，于是我选择了一件紫色碎花休闲真丝衬衫，外面搭一件薄薄的淡紫色毛衫，自我感觉清新又雅致。

可是刚坐在工位上，经理便走过来，故意搭讪道："请问你平时都喜欢这种穿衣风格吗？"我奇怪地问道："怎么了，有什么不妥吗？""我觉得你的体形比较娇小，这种家居风格显得气场不足，职业装更适合我们这个环境。"说完，他一本正经地接水去了。

我尴尬至极，白白活了 32 年，居然被人教育该如何穿衣！当然，我没有拂袖而去，更没有自怨自艾，而是冷眼观察杜拉拉们的穿衣打扮。通过一段时间的感受，我更愿意把领导的教诲理解为"下马威"。因为真实的杜拉拉们并不喜欢高跟鞋、职业装，试想成天上下班高峰时在地铁里被挤成"照片人"，动不动加班到深夜，偶尔被大领导派出去当个跑腿的……天天徐静蕾般昂首挺胸、妆容精致、大牌披挂怎么能行？那样的杜拉拉只能是看的，绝非用的。

所以 500 强的杜拉拉们不靓丽、不时髦，更不引领潮流，一切以"适宜"为原则。加班时，运动衫、平底鞋是最佳拍档；开会时，笔挺小西服必不可少；老板不在时，吊带凉拖也大模大样地穿。男同事们悲呼："女同胞们越来越过分了，竟然连睡衣也往单位穿！"而杜拉拉们则嘲笑："太 out 了，即使睡衣也是 Dior 的好不好！"

是的，杜拉拉们喜欢大牌，但多半来自淘宝店或者海外代购，再与大卖场的地摊货搭配在一起，如同凤凰掉进了鸡窝，来路可疑。

当然，杜拉拉是需要一些奢侈品的，但那只是为了炫耀而非使用。譬如一个女同事，工资刚刚到账，一顿午饭的工夫便从楼下购物广场拎回一个 Gucci 包包，把整月工资花了个精光。可是她怎么背呢？

因为无法忍受千金之躯的 Gucci 与蛇皮袋混杂在一起过地铁安检，她竟然别出心裁地把 Gucci 装入环保袋中，每天拎着环保袋上下班！每每看到她把亮闪闪的 Gucci 从环保袋中掏出来，我便想到那句口号——"混搭无罪，个性至死！"

能量女

会议狂人、空中飞人、三头六臂、野心勃勃……从美国的《欲望都市》到中国的《亲密爱人》，所有的杜拉拉都是：工作时所向披靡，生活时诗情画意，恋爱时死去活来，母爱泛滥时大慈大悲。女子如斯，得有多大的能量支撑？

前不久在时尚杂志上看到一篇《如何变身成为能量女》，大意是：一个现代女性如要玩转生活、面面俱到，唯一的办法就是把一分钟发挥出十分钟的能量。比如，早上铺床时想着出门如何搭配穿衣，刷牙时想着上午在公司里要做的 PPT，上班路上想着午餐和谁共进，午餐时想着下午的工作会议……如此下来，一天 8 小时会变成 40 个小时，令你成为战无不胜的能量女！看到这里，我几乎笑喷，这位作者真是患了严重的精神分裂症。

现实中的杜拉拉绝少有能量女，也不向往那种疲于奔命的生活。毕竟世界 500 强中的女高管凤毛麟角，而真正稳坐男人世界里的权力宝座、无限风光的背后又有多少无奈辛酸？与其孜孜不倦地向上钻营，不如努力寻求工作、兴趣、家庭的平衡。但是，在这么一个失衡的价值体系中，平衡实在太难了，所以无论专业能力有多强，拖家带口的杜拉拉们因为难以全力以赴，往往遭遇不公，晋升困难。

家境好点的可以漂亮地甩出一封辞呈回家做全职太太，更多的则是忍气吞声，继续做庞大商业架构里的一枚螺丝钉。唯一的发泄便是在中午吃工作餐时，杜拉拉们三五成群，交头接耳，骂老板、骂公司，当然，毕竟还是受过高等教育的，相比泼妇骂街，少了一个"泼"字。

最刻骨铭心的一次，已经加班到夜里 9 点，女儿突然发高烧，家里打电话催。我心急如焚地向老板申请回家，结果老板不紧不慢地说："请问这会儿你女儿身边有谁呢？"

"有爸爸、姥姥。""那不就成了吗？你此刻回去不也只是一个爱心妈妈，有什么用呢？还是先把工作做完再说。"老板轻轻松松帮我做了安排。我内心的那个愤慨啊，真如翻江倒海，只恨自己不是一个功夫男，可以一拳挥过去。

幸福

幸福了吗？问100个杜拉拉，估计有99个说不幸福。剩下那1个，要么是哑巴，要么不是地球人。

通常情况下，即使杜拉拉们月入过万，依然只是月光族。房贷、交通费、伙食费、服装费、化妆品费、健身费、旅游费、交际费……如果有了孩子，再加上孩子的教育费、生活费、医疗费……在今天这个"压力山大"的社会里，杜拉拉们的压力一点儿也不比男人轻，甚至更重。当然，随着CPI上升，世界500强的薪水年年涨，但是忽而金融危机了，忽而机构重组了，忽而公司缩减开支了……动荡的社会经济体系中，杜拉拉们恐慌焦虑，能够保位已经心存感恩，哪敢奢望沉甸甸的钱包？

再来说爱情。美国一项调查显示，职场女性的性生活比家庭主妇少许多。这是完全可以理解的，无休止的加班、没有硝烟的办公室战争、渺茫的职业发展令杜拉拉们身心疲惫，"性"致低落。但这并不意味着她们的爱情力低，比如办公室的帅哥永远是最受宠爱的那一个；比如春节过后，一屋子女同事齐刷刷地把手机铃声换成《因为爱情》。

伴随着经济的独立，杜拉拉们越来越有能力坚守爱情，不会轻易把自己放在婚姻的天平上斤斤计较，所以说不清是可悲还是可贺，杜拉拉中"剩女"尤其多。但是"文案天后"李欣频不也说了："谁说我们被剩下了？有谁知道是不是我们把这个时代抛在了身后？"

不久前，一位女同事果断结束了一段外表光鲜、内核荒芜的婚姻，带着女儿做了单身妈妈。我击掌祝贺，为她的勇敢、坚定、宁为玉碎不为瓦全的不凑合。人生苦短，当你有能力选择时，为什么要凑合？当然，选择的前提便是放下自己，做好一名勤勉的杜拉拉。

没有飞黄腾达的野心，没有明星的熠熠生辉，没有孙悟空的三头六臂，在世界500强庞大的商业帝国里，真实的杜拉拉们更像驴子，倔强、能干、踏实，偶尔发发脾气，但给块胡萝卜，就又继续拉起了磨。很傻是吗？没有人记得她们的名字，但庞大的商业帝国便这样稳若磐石地建立起来了。这是否又是另一种幸福？因为自己一直在努力，一直一步一个脚印地走过坚实的大地。